グレッグのダメ日記
やっぱり、むいてないよ！

ジェフ・キニー／作
中井はるの／訳

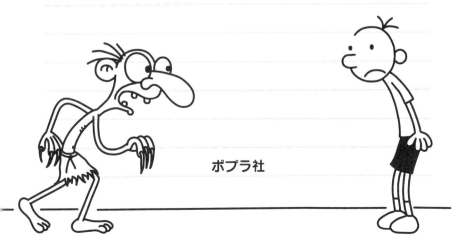

ポプラ社

パパへ

Wimpy Kid text & illustrations copyright © 2015 Wimpy Kid, Inc.
DIARY OF A WIMPY KID®, WIMPY KID™, and the Greg Heffley design™
are trademarks of Wimpy Kid, Inc. All rights reserved.
First published in the English language in 2015 by Harry N. Abrams, Incorporated, New York
ORIGINAL ENGLISH TITLE: DIARY OF A WIMPY KID : OLD SCHOOL
(All rights reserved in all countries by Harry N. Abrams, Inc.)
Japanese translation rights arranged with Harry N. Abrams Inc., New York
through Tuttle-Mori Agency, Inc., Tokyo.

9月

土曜日

　「むかしは、よかった」「なつかしい」。おとなは、いつもそういって、自分が子どもだったときのほうが、だんぜんよかったんだって話してる。

　だけど、ボクはそう思わない。おとなは、ただボクたちがうらやましいだけだろう。ちっちゃなころに、ボクたちの時代にあるようなイケてて、便利な物が、なんにもなかったからね。

　そうはいっても、いつかボクに子どもができたとき、うちの親とおなじようなことを絶対にいうだろうな。

ママは、自分が小さいころは、町じゅうの人たちがみんな親しくて、ひとつの大家族みたいで楽しかったって、いつもいっている。

　ボクはそんなの、ちっともいいと思わないよ。やることなすこと、みんなに知ってもらいたいなんて、これっぽっちも思わない。プライバシーは大切にしたいからね。

　ママがいうには、最近の人は、だれもがコンピューターとか携帯電話、テレビやゲーム機にむちゅうになっちゃって、近所の人たちと友だちになろうとしないから、すごく問題なんだって。

　だけど、その件についても、ボクの意見はママとちがう。

ちょっと距離があるほうが、いいと思ってる。

　このごろ、ママは外出すると、かならずだれかに署名してもらおうとしている。週末の２日間、電気をつかうテレビやコンピューター、携帯電話、ゲーム機にふれるのをやめて近所の人と親しくなろうっていうイベントをやろうとしてるんだよ。

このイベントをやるには、お役所に１００人分の署名をだして、許可をもらわなきゃいけない。でも、ママは、なかなか署名をしてもらえなくてこまっている。

　こんなこと、はやくあきらめてくれるといいな。だって、そばにいるボクたちが、ママと他人のふりするのはけっこうキツいからね。

　どうしてママが、むかしにもどろうなんて思いついちゃったのか、理解できないよ。むかしがそんなに楽しかったとは、ボクには思えない。

　みんなにも、考えてみてほしい。むかしの白黒写真に写ってる人は、だれも笑っていない。笑顔の写真なんて見たことがないよ。

むかしの人は、現代の人よりも、ずっとずっとたくましかった。

だけど人類は進化して、今じゃ、歯をみがいてくれる電動歯ブラシとか、なんでもいっぺんに買えるショッピングセンターとか、ソフトクリームがないと生きていけない。

きっと、ご先祖さまたちは、現代の暮らしを知ったら、すっごくショックだろうな。エアコンを体験しちゃったら、もうむかしにもどりたいなんて、思わなくなるはずさ。

近いうち、人間はもっとだらけて、そのうち家から一歩もでなくても、なんでもできるようになっちゃうだろうね。

このままだらけっぱなしで何千年もたったら、人類はぐにゃぐにゃになって、背骨もなくなっちゃうだろう。

いろんな技術や便利な物の進歩で、人間がか弱くなったと文句をいう人もいる。けど、ボクにいわせりゃ、そんなに悪いもんじゃない。

今は、ぜいたくなものがあふれて、生活が豊かになっている。たとえば、赤ちゃんのおしりふき。何百年ものあいだ、みんなはふつうのトイレットペーパーをつかってきた。それが、いきなり天才があらわれてすっごい発明をして、世界を完全にかえちゃったんだ。

信じられないよ。おしりふきを思いつくのに、どうしてこんなに長い時間がかかったんだろう？　電球を発明した人が、なぜ、おしりふきを思いつかなかったのか、すっごく不思議で信じられない。

　それに、これからも、びっくりするような物が発明されて、ボクたちの生活はもっと楽になるだろう。つぎにどんな物が、発明されたとしても、ボクは、まっさきに買いにいくよ。

　だけど、このままママの好き勝手にさせておいたら、むかしみたいにパソコンや携帯電話や、おしりふきなしで暮らすことになっちゃう。

　正直、おしりふきがない世界で暮らすなんて、考えたくもない。

日曜日

　ママが子どもだったころは、夏休みになると、夕食の時間ですよって親に呼ばれるまで一日中、外で遊んでたっていっている。

　つまり、今年のボクの夏休みとは完全に反対だってことだ。

　7月と8月は、子ども映画会に参加した。クーラーがよくきいた映画館で、8時間ただひたすら映画を見てたんだよ。

　この映画を見る会に参加することにしたのは、ボクみたいに映画が好きな子向けのイベントだと思ったからだ。

ところが、いざ行ってみたら、大ぜいの親たちがベビーシッターにたのむよりもずっと安あがりな保育所がわりとしてつかっていたんだ。

これだけ長い時間、暗い映画館ですごしたせいでこまったことになった。外にでて、お日さまの光に目がなれるまで30分もかかっちゃったんだ。

子ども映画会に参加したもうひとつの理由は、家にいたくなかったからだ。あのブタがうちのペットになってから、家にいてもぜんぜん楽しくない。とくに夕食の時間がひどい。

はっきりいって、テーブルでブタに食事をさせちゃうのはどうかと思うよ。そのせいで、ブタのヤツは、すっかり自分は人間だと信じこんでるんだ。ボクたちとおなじ立場だなんて、絶対に思わせたくないね。

このブタがうちに来てすぐ、ママは、おもしろがって芸を教えこもうとした。ブタが後ろ足でたつたびに、ごほうびとしてクッキーをあげたんだ。

まさかと思ったよ。なんだかんだでブタは歩き方を学んじゃったんだ。そして、それ以来もう4本足で歩こうとしない。さらにひどいことに、ボクの弟のマニーが、自分の半ズボンをブタにはかせた。そういうわけで、今や、ボクの家族は、ディズニーのキャラクターといっしょに暮らしている。

ママは、ときどきブタを外につれだしていた。ところがブタは2本足で歩くようになってから、リードをつけるのをきっぱりことわるようになった。

ママは、ブタが走って逃げたら、探しだすのはむずかしいだろうと心配して、ブタの居場所がわかるようにGPS機能つきの首輪を買ってきた。これをつけていれば、いつでも居場所がわかるってね。

ところが、このブタのヤツ、ママがその首輪をつけても5分もたたないうちに、はずしちゃう。ブタには親指がないのに、いったいどうやって首からはずすのかって？　ボクに聞かないでくれよ。

今じゃ、ブタはふらっと外にでかけて、好きなだけうろついてから帰ってくる。いったいどこをほっつき歩いてくるんだか、だれも知らない。ボクには門限があるっていうのに、ブタには門限がないなんて、とんでもないよ。

ブタに好きほうだいさせちゃうのは、マズいと思うよ。いつかブタたちに、世界を征服されたら、そんなことをはじめたボクたち家族のせいだっていわれちゃう。

　ブタのせいでボクの暮らしにめいわくがかかってなかったら、ここまで問題にしないさ。だけど、新学期がはじまる日に、ボクはちこくをした。理由はブタのヤツが、トイレをひとりじめしていたせいだ。

　ブタが家にいるんで、ボクは学校がはじまるのが待ちどおしくてたまらなかった。だけど、新学期がはじまってみると、そんな考えはまちがいだって気づいた。学校はあいかわらずだったからね。

いったいボクはこんな学校生活をどれだけのあいだおくってきたのだろう。

こんなにごちゃごちゃのままじゃ、ボクはやっていけない。なんとかしなきゃ。それで、学校がはじまってすぐに、ボランティアの宿題お助け隊になった。

このボランティアになるとなにがいいって、3時間目の授業をサボれることなんだ。ボクの3時間目は、グラッツィアーノ先生の音楽の授業だ。

　グラッツィアーノ先生は、ものすごく長いあいだ、音楽を教えているんだよ。その証拠に、ボクのパパだって、ボクとおなじくらいのときに先生から音楽をならっていた。30年も、これくらいの子どもたちに楽器の演奏を教えていると、人間なにか影響をうけちゃうんだろうね。

　先週、ボクは、宿題お助け隊でめんどうをみる子と会った。名前は、フルーっていうんだけど、いったいなんで、この宿題お助け隊をたのんだのか、まったく不明だ。だって、フルーは科学雑誌とか、大学でつかう教科書を、しゅみで読んじゃうレベルの子なんだ。

　ボクがはじめて手伝いにいったとき、フルーは宿題をすでに終わらせていた。その宿題っていうのは、色をぬるとか、言葉探しとかだ。そして、フルーは自分の宿題の手伝いは必要ないから、ボクの宿題を見せてくれっていったんだ。

　そのときボクは、少なくとも１時間はかかるだろう算数の宿題と、まちがいなく２時間はかかる社会の宿題を持っていた。ところが、フルーは、ふたつとも、たったの15分くらいで終わらせちゃった。

　フルーは、ただはやいだけじゃない。すごく、よくできていた。つぎの日、宿題を提出して、先生から返されたら100点だったんだよ。

はじめのうちは小学３年生に手伝ってもらったりしちゃダメだって、ちょっとは思ってた。だけど、思えば宿題お助け隊って、おたがいに助けあうためのものなんだよね。

それ以来ボクはフルーと会うたび、自分の宿題をどっさりわたして、すべてをやらせてあげている。今のところ、おたがいにとてもうまくいってる。

でも、不満がないわけではない。ときどきフルーは、役に立ちすぎちゃうんだ。ボクの宿題にあきてきちゃったらしく、うんとむずかしい問題を作ってやっちゃうんだよ。

あるときなんて、ボーナスポイントをもらおうとして、自分で書いた論文をボクの宿題にくっつけてだそうとした。提出する前にちゃんと確認して、よかったよ。

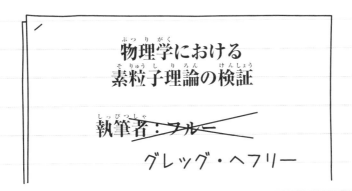

しばらくのあいだ、ボクは宿題をフルーに手伝ってもらえるだけでよろこんでいた。けど、最近になってボクはフルーの才能を発見した人だってことに気がついた。だから将来フルーがなにかすごいことをやってのけたとしたら、ある程度はボクのおかげだよね。そのときは、ごほうびをもらえるはずさ。

水曜日

　ボクの家はもう、今いる家族とブタだけでいっぱいだっていうのに、おじいちゃんがいっしょに暮らしはじめた。

　というのは、おじいちゃんが住んでいた老人ホーム「レジャー・タワーズ」の家賃が値上がりして、はらえなくなったせいだ。それでママが、うちに引っこしてきたらどうかっていったんだ。

　パパは、ママの考えに乗り気じゃなかった。だけどママは、家族が３世代ひとつ屋根の下で暮らすなんて、むかしみたいですばらしいわっていってる。

　きっとママは、むかしはバラ色ですばらしかったと思っているんだ。けど、ボクは、まったく反対の意見だ。ホントのむかしは絶対にすばらしかったわけがない。

おじいちゃんが、うちに引っこしてくることは、べつにかまわなかったんだ。でも、そのせいで、ボクの暮らしがとんでもないことになったら、話はべつ。ママは、どこの部屋でねたいか、おじいちゃんが決めていいよといった。そしたら、おじいちゃんはボクの部屋をえらんだんだ。

　つまり、ボクはあらたにねる場所を探さなきゃいけなくなった。まずは、お客さんをとめる部屋にいったんだけど、そこにはブタがいるってことをわすれていたよ。ソファベッドに、ブタといっしょにねるなんて、絶対にゴメンだ。

ロドリック兄ちゃんの部屋でねるなんていうのは、そもそもボクの頭にはない。兄ちゃんとねるなんて、ブタとねるよりもひどいからね。

　となると、あとはマニーの部屋しかない。ボクは、エアー・ベッドをかかえていって、マニーの部屋の床でふくらませた。ところがマニーの部屋でねるのも、ほかの部屋にはない問題があったんだ。

　ママは毎晩、マニーにお話を読んでいる。それが、ときどき、えらく長い物語を読むことがある。じつのところ、ボクにいやがらせをするために、マニーはわざと分厚い本をえらんでいるんじゃないかって思うよ。

おじいちゃんが引っこしてきてからというもの、うちの雰囲気は、ちょっとピリピリしている。ママとパパの子育てが、おじいちゃんは気に入らないんだ。実際に口にだしたりはしないけどね。

ママは、ずっと前からマニーのトイレ・トレーニングをやっている。ところが、その成果はまったくでていない。そして今は「夕食たべたら、パンツなし」っていうトレーニングをためしはじめた。

それがどんなもんかというと、まさに名前どおりだ。

こういうふうにしておけば、マニーは、だしたくなったときに、パッとトイレにかけこむようになるそうだ。

ところがマニーは、おしり丸出しで、一晩中走りまわるだけ。あげくのはてに、リビングにあるソファのうしろでしゃがみこんだ。

　パパはママがはじめた「夕食たべたら、パンツなし」のトレーニングに大さんせいしてるわけじゃない。だけどそれより、おじいちゃんに目撃されちゃってるほうがすごくイヤなんだ。

　うちにおじいちゃんがいるせいで、パパは、そうとうなストレスがたまっているみたいだ。だからボクたち兄弟が、ヘマをやらかすたびに、パパのピリピリのレベルがあがる。

どうやらパパがいちばんうんざりするのは、ボクたち兄弟(きょうだい)が、自分でやれるはずのことを、ママにたのんでしまうときらしい。

　きのう、ボクはママに電子(でんし)レンジであたためたブリトーのビニールを開(あ)けてってたのんだ。ボクは、あたためたブリトーをくるんであるビニールが苦手(にがて)で、いつもうまく開(あ)けられないんだ。

　そしたら、パパがメチャメチャ怒(おこ)りだした。無人島(むじんとう)に流れついたとき、そこに千個(せんこ)のブリトーがあったとしても、自分でビニールが開(あ)けられなかったら、うえ死(じ)にしてしまうぞっていうんだ。

ボクは、パパに千個ものブリトーがある無人島に流れつくなんて、ありえない話だっていったんだ。ところがパパは、だいじなのはそこじゃない、といった。

　パパは、自分でいろんなことができないと、きびしい世の中で生きのこれないっていったんだ。

　もうひとつパパが、イヤがっていることがある。ママが今でも、朝の登校の用意を手伝ってくれていることだ。ママは、前の日に服をえらんでおいてくれるし、キッチンには、ボクがちゃんと準備できるよう、イラスト入りリストがはってある。

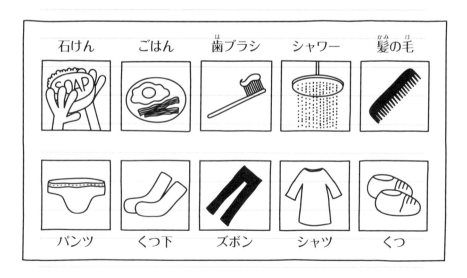

パパはきっと、このやることリストがはずかしかったんだろう。このまえ、リストをはがしていた。でも、ボクが朝をのりきるには、そういうリストが必要だ。それがないと、順番どおりにできない。このまえなんて、くつをはいてから、くつ下をはいちゃったんだから。

　このところ、パパはボクがヘマするのを、今か今かとひたすら待ちかまえているみたいだ。今日なんて、歯みがき粉のフタをしめわすれたとたん、パパがとつぜんおそってきた。

ボクは、歯みがき粉のフタをもどさなくったってたいしたことないって思ったけれど、パパはちょっとしたことがつもりつもると、やがて大変なことになると長々と説教をはじめた。

　アメリカの開拓時代の子どもは、馬車の車輪のボルトをしっかりしめるのが役割だったそうだ。もしボクがその時代の子どもで、ボルトをしめわすれたとしたら、車輪がはずれて、家族全員オオカミに食べられちゃっただろうだってさ。

　パパはホントに大げさなんだ。だけど、その話をきいて、歯みがき粉のフタをしめわすれるのは、ちょっと悪いことしたような気になった。

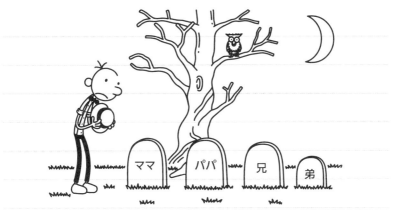

　だけど、パパをイライラさせているのはボクだけじゃない。このごろパパは兄ちゃんのことでも、ピリピリしているようだ。

　兄ちゃんはいつも、自分の車のガソリン代がほしくなると、ママにお金をせびっている。ところが数日前の夜、兄ちゃんはうっかりおじいちゃんの前で、ガソリン代をおねだりしちゃったんだ。

　そしたらパパは、これからは車のガソリン代は、兄ちゃんが自分ではらいなさいといった。兄ちゃんが、じゃあお金はどうしたらいいんだって聞くと、パパはバイトをしてお金をかせげばいいって。

そういうことで、ママは、兄ちゃんのバイト探しを手伝った。新聞の求人広告で、特別な技術や経験が必要のないものを探していった。

それでやっと、うちから15分ぐらいのところにある店の募集広告があるのを見つけた。

アルバイト求む！

やる気まんまんな人、
いっしょにはたらきましょう

オールド・タイム
アイスクリーム
パーラー！

トビアスおじさん

ボクは、オールド・タイム・アイスクリーム・パーラーにいったことがある。ロウリーがそこで誕生日パーティーをやったんだけど、そのときからアイスクリームと聞いただけでもゾッとする。

そのアイスクリーム・パーラーには「全部のせアイス」というメニューがある。ひとつの長いトレイに40個分のアイスクリームが入っているんだ。ところが、いろんな味のアイスクリームをまぜて食べるうちに、灰色のどろどろになっちゃう。

　オールド・タイム・アイスクリーム・パーラーでは、誕生日のお客さんがいるテーブルに、店のスタッフが全員集まって、お誕生日おめでとうと歌ってくれる。ボクはこれがとってもイヤだ。だって店のスタッフはあきらかに、イヤイヤ歌ってる感じなんだよ。

兄ちゃんは今週のはじめ、この店の面接をうけた。そして信じられないことに、採用してもらえたんだ。で、土曜日からはたらくことになった。ママの提案でみんなで店に行き、兄ちゃんをびっくりさせて、おうえんしようということになった。

ところが店についてみたら、兄ちゃんはどこにもいない。ママはすごく心配した。でも、そのあとボクたちは、兄ちゃんが店のうらにいるのを見つけた。

ママは、兄ちゃんをゴミすて係にしたのが不満で、店長にぐだぐだと文句をならべた。

ところが店長は、兄ちゃんは「初心者レベル」だし、この店ではたらく人はみんな、この仕事から経験をつんでいるんだって話したんだ。

　きっと兄ちゃんは、はやくみんなに帰ってもらって、ひとりにしてほしかったにちがいない。ところが、ママは兄ちゃんのそばにいたくてたまらなかった。兄ちゃんが15分の休み時間になると、ボクたちみんなも、兄ちゃんのいる従業員のひかえ室におしかけた。

　兄ちゃんはその晩ずっと、キッチンからゴミすて場にゴミを運んでいたんだけど、ママは、家に帰る前にもう一度兄ちゃんを見たかったようだ。ウェイターに、今日はマニーの誕生日だと耳うちしたら、店ではたらいている人全員がボクたちのテーブルに集まった。

ママったら、なんてことをしてくれるんだ。ホント、やめてほしかったよ。だって、ゴミのくさいにおいがプンプンしてきたんだ。おかげですっかり食べる気がうせちゃったよ。

月曜日

　このところママは、おじいちゃんにたのんで、おじいちゃんが子どもだったころの話を、ボクたち孫に話してもらおうとしてる。

　おじいちゃんは、自分が子どものころは、テレビとかがなかったから、子どもたちはたいてい外にでてカンけりとかをして遊んでいたって話してくれた。

おとなは、いつもカンけりの話をしている。ボクは前に一度、ロウリーとカンけりをためしにやってみて、どんなに楽しいのかたしかめたことがある。でも、たったの30秒でやめたよ。

パパは子どものころ、ジャイルズっていう親友がいたそうだ。それで、1日中ずっと森の中で、想像力をつかって遊んでいたそうだ。

まあ、ボクもロウリーも、自分たちの想像力をはたらかせたことが一度だけあったよ。でも、さあこれからはじまるっていうときに、ロウリーのパパに止められちゃったんだ。

パパは、最近の親は子どもを過保護にしすぎるんだっていう。自分が子どものころは、親友のジャイルズといっしょに自由にどこでも歩きまわっていたし、いちいちどこへ行くなんて親にいうことなんてなかったそうだ。

でもママは、こういった。そのころは、ものすごく安全だったからだってね。今は、おとなの目のとどくところにいないと危険すぎるっていう。パパは、それはたぶん、ホントだろうけど、ボクとロウリーは、自分で自分の身を守ることも学ぶべきだってさ。

ボクたちの年くらいのときのパパは、ジャイルズとふたりで町のあちこちにいろんな道具をかくしていたそうだ。たとえだれかに追いつめられても、戦って、逃げだせるようにしてたんだって。

ところがおじいちゃんに聞くと、その話はずいぶんちがった。パパとジャイルズは、キッチンのフォークやナイフをたくさん持ちだして、ご近所のあちこちにうめたのが真実なんだって。

ところがパパのママ、つまりボクのおばあちゃんが、家にある銀製のフォークやナイフが消えたのに気がついた。それで、パパたちはあちこちにうめたものをすべてほりかえしてもどすようにいわれた。

　それからパパとジャイルズは、プラスチックの食器をつかうようになった。でも、先割れスプーンがホントに、自分たちの身を守るのにつかえるのかどうかでケンカになって、ちょっとマズいことがおきたんだ。

　ジャイルズは、自分のママに、パパにやられたことをいい、その証明に自分のおしりについたあとを見せた。そのころって、今とはぜんぜんちがう時代だったんだね。だってジャイルズのママは、ヒザの上にパパをのせて、おしりをたたいたっていうんだから。

　ほらね、これがむかしはよかったっていう人の問題点なんだよ。いいことは全部おぼえているけど、親友のママにおしりペンペンされたことはすっかりわすれちゃうんだから。

水曜日

　おじいちゃんがボクたちと暮らすのはほんのしばらくのあいだで、レジャー・タワーズよりも家賃が安いところが見つかったらすぐに引っこすだろうと思っていた。でも、このごろ、おじいちゃんはもしかしたらずっとうちにいるんじゃないかと心配になってきている。

　ボクは、マニーとおなじ部屋であとどれくらいもちこたえられるのか、わからない。

夕食のあとパンツをはかないヤツとおなじ部屋ですごすって、なんだか、バカにされてるみたい。すっごく、なさけない感じがするよ。

　そのうえ、おじいちゃんもおなじくらいひどい。レジャー・タワーズから引っこしてきたとき、おじいちゃんはダーレーンというカノジョとおわかれした。それ以来、ずっと家の中をバスローブでうろうろしている。これじゃ、ボクの友だちを家によべないよ。

おじいちゃんに新しいカノジョができたら、きっと家からでていくだろう。ボクはおじいちゃんが新しいカノジョを見つけて、立ちなおれるようにオンラインのデートのやり方を教えてあげてるんだ。

　でも、どうやらボクはおじいちゃんを、キケンな男にしちゃったようだ。今やおじいちゃんは24時間ずっとコンピューターにはりついたままだからね。そして、少なくとも50人ぐらいの人といっぺんにつきあっている。

　どうやっておじいちゃんが、そんなにたくさんの人を区別しているか、ボクにはわからないよ。

兄ちゃんのほうも、そうこうするうちにうまくいきだした。ママに、上級者の仕事をまかされるようになったと話していたんだ。もちろん、今晩、ボクたち家族は車に乗りこんで、兄ちゃんをおうえんしにいく。

　だけど、兄ちゃんの新しい仕事は、ホントに上級者の仕事っていえるのだろうか……。兄ちゃんは、店のマスコットの「トビアスおじさん」の役をもらったんだ。

　どうやら兄ちゃんの前に着ぐるみの中に入っていた人は、トビアスおじさんの頭をはずしていたところを、子どもに目撃されたせいで、クビになったらしい。これってマスコットになる人が、絶対にやっちゃいけないことなんだろう。

トビアスおじさんは、店の中を歩きまわって家族連れのテーブルにいって、小さい子を楽しませてあげるんだ。でも、トビアスおじさんが歩きまわるのを見てると、まったくの逆効果に思える。

　それどころか、子どもたちは、トビアスおじさんが大キライらしい。実際、兄ちゃんはあちこちからこうげきをうけていたよ。

兄ちゃんは、もし「頭」をはずしているところをお客さんに目撃されたら、その場でクビだと店長からいわれたってママに話してた。

　幸運なことに、着ぐるみの片目がはずれるようになっている。兄ちゃんは、そこからなんとか水分をとることができる。

　兄ちゃんの前にトビアスおじさんをやっていた人は、もしかするとわざとクビになるようなことをしたのかもしれないな。

　このバイトが長続きするとは思えない。まあ、いいとこ長くて2週間ってところだろう。

金曜日

　学校では来月に予定されている「ハードスクラブル体験農場キャンプ」の話でもちきりだ。

　ボクの学年になると、全員でそこへ行くことになっている。キャビンにねとまりして、自然について学び、農作業とかでうんとはたらく一週間をおくるんだ。

　そういうことが好きな子にとっては、きっと楽しいイベントなんだろう。でもボクは、とっくに決めているよ。ボクは絶対にキャンプに行くみんなを見送るほうになるってね。

そして、クラスのみんなが森の中で汗水たらしているあいだ、ボクは学校の図書館で、のんびり今の時代のここちよさを味わうつもりだ。

ママは、なんとかボクの気持ちをかえようとしている。キャンプに行かなかったら、きっとボクが後悔すると思ってるんだ。

だけど、ボクの気持ちは絶対にゆるがない。ボクはキャンプに行った子たちから、ひどくおそろしい話を聞いているからね。それに、兄ちゃんがそのキャンプに行ったときに家におくってきた何通もの手紙だっておぼえているんだから。

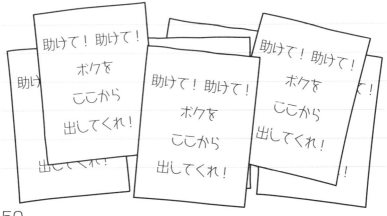

じつのところ、兄ちゃんはキャンプでの恐怖体験がショックでしばらく苦しんでたんだ。キャンプからもどった週末、ずっと布団をかぶりベッドからでることはなかった。

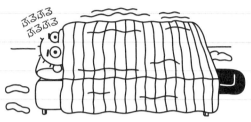

今日までに、体験キャンプでだれとおなじキャビンになりたいかをえらばなくてはならない。ランチの時間、みんなはなんとかいいキャビンに入りたいもんだから、すごくあわてている。ボクは行かないって決めておいてよかったよ。だって、そういうゴタゴタにまきこまれたくないからね。

ただ、ロウリーにはちょっとだけ悪いなって思ったよ。だって、いっしょのキャビンにとまろうとボクをたよりにしていたからね。ボクはキャンプに行かないっていったら、ロウリーはほかの子たちのに入れないかと、あちこち聞いてまわりだした。

ところがランチが終わるころになっても、まだロウリーはみんなに聞きまわっていた。

　でも、ボクにはロウリーの心配をしてるよゆうなんてない。だって、自分の問題をなんとかしなきゃならなかったからね。

　月曜日に、ママとパパは学校から通知をもらった。そこには、特別な保護者面談があるから、ふたりとも学校に来てくださいと書いてあった。

　ボクは一週間ずっと心配でならなかった。きっと、提出した宿題に、フルーの名前を消しわすれたのがあって、それが問題になったんじゃないかと思っていた。

　でも、ぜんぜん、べつのことだった。

パパとママが先生に呼びだされたのは、ボクの宿題の成績がぐんとあがったから、もっと上のむずかしいクラスに入れたらどうかという話だった。

　きっと、フルーは、ボクが今よりもうんとむずかしい宿題を持ってかえったら、すっごくよろこぶだろう。でも、テストのとき、フルーはボクといっしょにいてくれるわけじゃない。だから、フルーをなんとか教室にしのびこませる方法を思いつかなきゃ、ボクはずっとテストに合格できないだろう。

　ふたりが先生との面談を終えて帰ってくると、ママは「いいニュース」だからお祝いしましょうといいだした。

ママがお祝いといえば、それは、もちろんオールド・タイム・アイスクリーム・パーラーに行くってことだ。

こうも毎晩、兄ちゃんの仕事先に行くなんて、ボクはもううんざりだ。どうやらおじいちゃんもおなじ気持ちらしい。おじいちゃんはママにアイスクリームは歯ぐきにしみるから今日は家に残るっていいだした。

ボクもおなじ理由をつかってみたけど、ママはどうしても行くんだって一歩もゆずらない。

ところがだ。ボクたちが店に着いても、兄ちゃんはどこにも見当たらないんだ。店長は、兄ちゃんはまだ店に来ていないってママにいった。

ママはもうパニックだ。それでボクたちは車に乗りこんで兄ちゃんを探しにでることにした。あちこち、運転して探しまわって、やっとハイウェイの側道を歩いている兄ちゃんを見つけた。

　パパが道ばたに車をとめると、兄ちゃんは車に乗り、なにがおきたのか説明をしてくれた。兄ちゃんがいうには、ハイウェイがひどい交通渋滞で、バイトにちこくしそうになった。それで、あいのり車用の車線がすいていたんで、その車線に入って大急ぎでバイトにむかっていた。

　でも、そこを走る車は、2人以上の人が乗っていなきゃ交通違反になる車線なんだ。

そこで兄ちゃんは、トビアスおじさんが助手席にすわっているように見せかけた。

ところが運わるく、すごく目のいい警官につかまってしまった。

警官は、にこりともせず、兄ちゃんに違反切符を切って100ドルの罰金を払うようにいった。そのうえ、テールランプが壊れているし、車の定期点検の期限が切れていたのまで見つかっちゃった。

そのあと、警官は兄ちゃんの車をレッカーで移動させてしまい、兄ちゃんだけひとり道ばたにとりのこされたんだって。そういうわけで、渋滞でなかなか進まない車に乗っている子どもたちのちょうどいい的になった。

ママはパパに家まで車を走らせるようにいった。兄ちゃんの着ぐるみを洗濯するためにね。でも、家の前の道に入ると、道の両わきにずらりと車がとめてあった。

ボクの家のしばふの上にまで車がたくさんとまっている。なんだか様子がヘンだ。

それでボクたちは車を丘のいちばん下のところに駐車して、坂をあがっていかなきゃならなかった。やっと家の前についてみると、中からガンガンすごい音量で音楽が聞こえてくる。

　ドアを開けたら、なんとにぎやかなパーティーがくりひろげられていて、大盛りあがりだった。

　ボクたちは人をかきわけながら、おじいちゃんを探した。そしたらなんとおじいちゃんは裏庭の古いジャグジーバスに入っていた。この様子からすると、おじいちゃんは、サイコーに人生を楽しんじゃっているようだ。

　パパは、すぐにみんなを家から追いだそうとしたけれど、うんと時間がかかった。それというのも、急いででていく人なんてだれもいなかったからね。

　みんながでていくと、パパはおじいちゃんにパーティーを開くなんてとんでもないと、ものすごいいきおいで怒った。

ところがおじいちゃんは、パーティーを開くつもりなんてなかったんだって。おじいちゃんは、インターネットである女の人ひとりに、いっしょに映画でも見ないかとデートにさそったつもりだった。それを、ちょっとまちがえて「全員にメール」をクリックしちゃったんだって。それでいっぺんに全員がやってきたというわけ。

　パパはすごく怒っていたけど、自分のお父さんになにかバツをいいわたすなんて気まずかったみたいだ。

　しかも、いいバツが思いつかなかったんだろう。パパはおじいちゃんに、イスにすわって反省するようにいいわたした。

それにしてもボクたちは、家に帰ったとき、もっと念入りにパーティーに来てた人たちを追いはらうべきだったよ。追いだし作戦が終わったころあいを見計らってでてきた客たちがいたからね。なんとマニーの部屋にかくれていたんだ。

火曜日

おじいちゃんがパーティーを開いてからというもの、パパはおじいちゃんを家でひとりきりにするのはさけたいみたいだ。パパが家でおじいちゃんを監視できないときは、家族のだれかに見はりをさせてる。

おじいちゃんは毎日かならず1時間、イスにすわって反省しなきゃいけない。でも、部屋のすみでやるより、テレビの前でそのバツをうけたがる。

だからおじいちゃんの見はり役になっちゃうと、おじいちゃんが見たい番組をいっしょに見なくちゃいけない。

　でも学校がある時間帯は、おじいちゃんは家にひとりきり。だからパパは、また勝手にパーティーを開くんじゃないかと気が気でない。

　そんなわけでパパは監視カメラを買ってきた。自分が仕事にいってるあいだに、おじいちゃんがまたなにか、ヘンなことをやらかさないようにするためだ。

　パパがいったいどこにそのカメラをつけたのか知らない。でも、ボクが思うに、そのカメラはおじいちゃんを監視するためだけにつかっているんじゃないんだろう。

　技術の進歩や便利なものの発明には賛成さ。だけど、ボクに対してつかわれるなら、話はべつだよ。家に監視カメラをおくなんてホントにイヤだ。だって、今やどこへいっても、あちらこちらに監視カメラがあるじゃないか。

　たとえば、外で、なにかはずかしいことをしたら、録画されちゃうんだよ。ホントのことさ。

　だけど、いちばんひどいのは携帯電話のカメラだ。今じゃ、だれだって携帯電話を持ってるからね。

去年の夏、町のプールからあがろうとしたとき、ボクの水泳パンツがちょっとずれ落ちちゃって、みんなに見られてしまった。

で、まだボクが体をふきもしないうちに、ボクの写真がインターネットでばらまかれた。

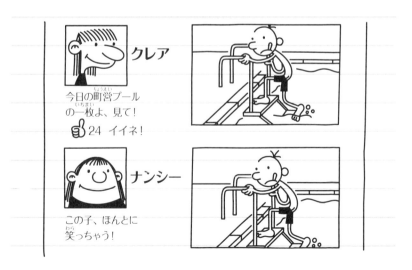

そのうえ、自分の写真をとっただけでもトラブルにまきこまれちゃう。何か月か前の日曜日、うちの家族は教会のあと食事にでかけた。レストランをでたあと、歯のあいだにほうれん草が引っかかっている感じがした。

近くに鏡がなかったんで、ボクはママの携帯電話を借りて、ほうれん草がはさまっていないか写真をとって確認しようとした。

ところが、ボクの前にいた女の人は、ボクに写真をとられたとカンちがいした。その人は、ママの携帯電話の写真を全部見て、とられていないと確認するまで、ボクたちを帰らせてくれなかった。

今になって考えると、ママが電気をつかわない週末を思いついたのは、この件がきっかけだったかもしれない。

　そういえば、ママは町の役所に提出するのに必要な署名を集めちゃったんだ。どうやったかというと、この前の晩、おじいちゃんのパーティーに来ていた人たちを追いだすとき、ちゃっかり署名をもらっていたんだ。

　いきなりおしかけた連中だったから、きっとかんたんに署名したんだろうな。

　ママが町の役所に集めた署名を送ったら、議員による投票がおこなわれて、正式にやることになった。それで今度の土曜と日曜は、町じゅうで、電気をつかわないイベントがおこなわれる。

ママは、このことをできるかぎり、町にいる人たちに知らせたいとはりきった。このことがすべて終わるまで、ボクはできるかぎり、こっそり目立たないようにしている。でも、ママのせいで、なかなかうまくいかないんだ。

外の世界とのつながりをたち切ってしまうなんて、よくないにきまってる。だって、地球の終わりのときとか、ゾンビがしゅうげきしてきたとか、すごいことが起きても、ボクたちは最後まで気づけないことになるからね。

金曜日

　電気をつかわない週末のイベントのひとつに、町の公園に集まってボランティアでそうじをするというものが予定されている。

　でも、あんな状況じゃ、とても半日ではかたづけられないだろう。

　最近、公園はまるで、戦争のあとをえがいた映画みたいになっている。

以前はとてもいいところだったんだけど、町のお金が底をついちゃったせいで、公園はひどくなるばかりだ。

　お金がなくなったいちばんの理由は、町の議会が、公園の歩道に「携帯電話専用道路」を作ることにしたことだ。それというのも、ふつうの歩道を歩く人で前をちゃんと見ていない人が多かったせいだ。

　それで、公園をそうじするためにつかう町のお金は、そっくり携帯電話とかゲーム機をつかいたい歩行者のための一方通行の歩道をつくるためにつぎこまれたんだ。

69

ところが、工事にお金がかかりすぎてしまい、とちゅうで計画を中止しなきゃならなくなった。まだ小川に橋をかける前なのにだよ。

　それから公園はあれはててしまった。高校生が集まるようになって、家族連れがぴたっとこなくなった。だからこの公園をそうじする人たちが、まずやるべきことといったら、高校生たちを追いだせるスゴ腕の専門家を探すことだろう。

土曜日
　今朝は何時に起きたのかわからない。だってマニーのタンスにある電気時計のコンセントがぬかれてて、とまっていたからね。じつのところ、家にあるすべての電化製品のコンセントがぬかれていた。ママが、電気をつかわない1日をしっかり実行しているんだ。

それに、このあたりをたくさんの人が歩いているのに気がついた。車が走っている様子がない。たぶん、「古き良き時代の生き方」をすることにしたんだろう。

ボクは、1日家のソファでゆったりして、マンガ本でも読むつもりだったけど、パパは人がいっぱい歩いているんだからこのチャンスを見のがすなっていったんだ。

パパは、子どものころ、友だちのジャイルズとレモネード屋さんをやって、もうけたお金でそれぞれ新しいスケートボードを買ったんだって。ボクはレモネードを売るなんて、いい考えだっていったよ。

おどろいたことに、パパは20ドルをくれたんだ。店の開店準備につかいなさいだって。

ビジネスをするには、だれかといっしょがいいはずさ。ボクは電話してロウリーを呼んだんだ。

ふだんならインターネットでレモネードの作り方を調べるんだけど、ママがコンピューターの電源ケーブルをどこかにかくしちゃった。パパに聞くのはちょっとはずかしかったんで、ロウリーといっしょに適当にやってみることにした。

とりあえずレモンは必要だろう。それでボクたちは自転車で坂をくだってコンビニに行き、店にあるレモンを全部買ってきた。

レモネードを売る屋台をやるのに必要なレモンはそろった。だけど、いったいいくつレモンを入れたらレモネードが作れるのかわからなかったんで、とにかくピッチャーに入れられるだけ、いっぱいぶちこんだ。

　つぎに、レモネードを作るのに必要なのは、水と砂糖だ。だけど、砂糖をどれくらい入れたらいいかなんて、ボクたちにわかるわけがない。だから、さっきとおなじように、目ん玉がとびでるぐらい、あらんかぎりの砂糖を入れた。

　これだけ砂糖を入れたから、準備ＯＫだって思ったさ。ところが、そのとき、ちょうどパパがやってきて、ボクたちがやっていることは、全部まちがいだっていうんだ。

パパがいうには、そもそもボクたちが買ってきた緑色のレモンは、ライムっていうべつのものらしい。だからライムは全部とりださなきゃならない。

　それからレモネードを作るには、まずレモンを半分に切ってしぼり、レモン汁をとり、水とまぜるんだって。そんなことなら、はじめる前に知りたかったよ。

　ところがロウリーは、レモンを半分に切ると聞いて、すっかりビビッてしまった。レモンを切ったら、涙がとまらなくなるっていいだしたんだ。ボクは、切ると涙がでちゃうのは、玉ねぎだとロウリーに教えてやった。

　でも、ロウリーは一歩もゆずらない。ボクがなにか手をうたなきゃ、ロウリーはいっしょにレモネード屋台をやってくれないだろう。

　そこでボクは、うちのガレージの中を探しまわって、ロウリーの目を守れそうなものを見つけてきてあげた。

　やっとロウリーの気持ちが落ちついたんで、ボクたちはレモンを半分に切りはじめた。それがまあ、予想よりもとんでもなく大変だった。

　まず、ボクがレモンを1個切ろうとしたとき、レモンの汁がボクの目をちょくげきした。

　レモネード作りなんて、やっぱりむいてないよ。ひどくしみるし、目がやられてほとんど見えない。ロウリーのやつったら、シュノーケルをはずして「ほら、だからいったじゃないか！」とか、なんだかんだといいだした。そんなこと、一言だって聞きたくないね。

ようやくボクの目がもとにもどると、ふたりしてレモンを全部しぼって、水に入れ、かんばんもつくって家の前の道路に屋台をだした。

　屋台を見て足をとめる人はいたけど、ボクたちがやっていること全部にケチをつけに来るだけなんだ。ある女の人からは、レモネードに入っている砂糖をもっとしっかりまぜなきゃダメだっていわれた。それで、いわれた通りにまぜたのに、その女の人はレモネードを買わなかったんだよ。

　そのあと、男の人がボクたちのレモネードを飲んだんだけど、あますぎるって文句をいってきた。

そのまたあとに来た人たちも、おなじことをいうんだ。だからボクは、ピッチャーに入っていたレモネードを半分すてて、水をいれた。そしたら、その水は、どこから持ってきてるんだって、また文句をいわれちゃったよ。

あるおじさんは、おなじコップをずっとつかうなんて、問題だっていってきた。ボクは、つかうたびにちゃんとコップを水ですすいでいるんですって説明したのにね。

暑い日ざしのなか、ボクたちはつかれて、屋台のところに座っていたんだけど、レモネードをセルフサービスのように売ってもだいじょうぶそうに思えてきた。それで、レモネードを飲んだ人が代金を入れられるように、大きなビンを置いておくことにした。

　ところが、ボクたちがセルフサービスで買えるようにしたとたん、ズルをして勝手に飲むヤツがでてきた。

　こうなったら、グチなんていってられないよ。レモネードの屋台にずっとつきっきりでいなきゃダメだってわかったからね。ボクたちはキッチンのたなからもうひとつコップをとると、外にもどった。

気がついたんだけど、坂を上る人のほうが、坂を下る人よりも、のどがかわいてるみたいだ。だから、これを生かして値段のつけかたを変えてみた。つまり坂を上る人に売る値段を倍にしたんだ。

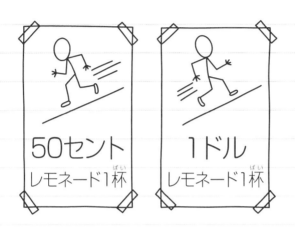

お金を入れるビンを、そのままにしていたら、おつりをそのまま入れてくれる人たちがいた。それからというもの、ボクたちは、来る人に、ビンをだしておつりもくれるように要求した。このやり方なら費用がかからなくて丸もうけできる。

せっかくうまくいきだしたと思っていたのに。それはつかの間だった。セドリック・カニングハムっていう子が、少しはなれたところでレモネード屋をはじめたんだ。

　どう見たって、セドリックは親の助けを借りて店を作ったにちがいない。ヤツのレモネード屋とくらべたら、ボクたちのはおままごとでやってるように見える。

　つまり、こういうこと。最初にアイディアを思いついた人が、かならずでくわす問題さ。5秒後には、パクってマネをしちゃうヤツが数え切れないくらいでてくるんだ。

　まあ、ボクとしては戦争をするつもりなんかない。こっちはプロの商売人なんだから。ボクはセドリックに2ドルあげるから店をたたむようにいった。セドリックも、それに納得したみたいだ。

ところが5分ぐらいして、セドリックはまた店をだした。こんどは、ボクたちの屋台の目の前、通りをはさんで、まむかいではじめたんだ。

　これには、けっこうこまった。だってうちのレモネードはもうすぐなくなりそうだし、新しく材料を買うために、パパがもう一度お金をだしてくれないってわかっていたからね。

　そしたら、ひらめいたんだ。レモネードのかわりに水を売ればいいんだって。そうすれば、ボクたちの手もわずらわされずにすむ。

　それにどう見たってレモネード業界は、セドリックひとりのものだ。新しい張り紙がついてからはとくにね。

81

だけど、もし水を売るとしたら、お金をはらってまで買いたいと思わせる「特別ななにか」が必要だよね。それで、ボクはすっごく効果がありそうな名前を思いついた。そしてマニーのビニールプールを持ってきて水をたっぷり入れた。これならしばらく水がなくなることはない。

　この水を「パワー・フィットネス・ウォーター」と名づけるんならどれくらい効果があるか、わかるようにしないといけないな。それでロウリーに、両手両足を広げて連続ジャンプとか、うでたてふせとかを屋台の前でやるようにいったんだ。

でも、ロウリーは、そんなに体力があるわけじゃない。これじゃあ、ボクたちの店に傷がつく。

幸運なことに、すっごく体格のいい人がすぐに坂をあがってきた。それでボクはその人に、何ドルかはらうから、うちのパワー・フィットネス・ウォーターを飲んだおかげでパワーがでたっていってくれないかってたのんでみた。

でも、その人は、ほかにやることがあったんだろう。そんなことには興味がないって。

ざんねんなことに、坂をおりてきた人が、さっきの話を聞きつけて、自分が製品のせんでんをしたいっていってきた。

　悪口をいうつもりはないけど、その人は明らかにボクたちが求めているような体つきをしていなかったんだ。

　それで、なんとか追いはらうために、その人に３ドルあげて、うちの製品を飲まなかったと、みんなにしゃべるようにいった。

　いまだにボクたちは、向かい側のレモネード屋を相手に競わなきゃいけないんだよ。もし、ボクたちがホントにお金をかせごうとするなら、どこかちがう場所に移動して商売するしかない。

　そうだ、いい場所がある。町の公園だ。

今日は公園で大そうじが行われている。きっと大ぜいのボランティアが、のどをカラカラにしているはずだ。そういうわけで、ボクとロウリーは、ワゴンに売り物の水をのせられるだけつみこんで坂をおりていった。

公園までの道を半分ぐらいきたら、ロウリーが脱水症状になって水を飲みたいといいだした。ボクはこんなところで立ち止まるのはいやだったけれど、ロウリーは、今にもたおれちゃいそうだ。それで水が入ったボトルを1びんあげた。この代金は、あとでロウリーのバイト代から差し引くようにメモしたよ。

公園につくと、そこにはまるで町じゅうの人があつまっているみたいだった。暑い日なのに、みんながとてもがんばってはたらいている。

　そのうえ、水飲み場の水道がこわれていた。つまりのどがかわいている人は、水にありつけないというわけだ。だからボクとロウリーは、ここならたくさん売って、大もうけできるぞ。

　ところが、ママがボクたちのことをすぐに見つけて、なにをするつもりなんだって聞いてきた。

　だからボクは、これからパワー・フィットネス・ウォーターを5ドルで売るつもりだって話した。だれもが、お金をはらってでも飲みたいはずだっていったんd。

　すると、ママはこういった。公園をそうじするためにせっかくの土曜日をぎせいにしてボランティアに来ているのに、その人たちからお金をまきあげるなんて「せこい」っていうんだ。ボクはママに、この水を飲んだら、２倍の力がでるから、ボランティアの仕事もうんとはやく終わるって説明してあげた。

　ところが、ボクとママが、このことをいいあいしているあいだに、花だんの花を植える女の人たちが、ボクたちのボトルを勝手に全部持ちだしちゃったんだ。

なすすべがないとはこのことだよ。女の人たちは、ボクたちのパワー・フィットネス・ウォーターをすべて、まるで安物を捨てるみたいに花だんにかけちゃったんだ。

　ざっと計算したら、少なくとも２００ドル分のもうけが、公園の地面に飲まれちゃったってわけだ。だけど、女の人たちは、まるでなにごともなかったかのように、すぐに苗を植えはじめた。

　でも、ボクもロウリーもまだ、あきらめないさ。ボクたちは、からのボトルを集めて、また水をくもうと小川のほうに行こうとした。

ところが、そこへママがやってきた。で、ボクたちにも公園そうじのボランティアをしてほしいといって、シャベルとかをむりやりわたしてきたんだ。

　ボクは、自分たちは商売人で、ホントの商売人はタダでははたらかないんだって説明した。でも、ボクがそのことを話し終わらないうちに、ロウリーはさっさと地面に手をついて苗を植えはじめてた。

　ボクも、できるだけはやくここから逃げださないと、ロウリーみたいにうまくのせられて、そうじさせられちゃうことくらいわかっていたよ。でも、ママは、ボクよりいちまい上手だった。

　ボクが小さなころ、ママは毎日この公園にボクをつれてきたんだって。それは、ママにとってボクとふたりだけのとりわけ特別な思い出だっていうんだ。

それで、もしボクたちが公園をきれいにしなかったら、ほかのママたちも、子どもとのかけがえのない大切な瞬間をすごすことができないってね。

　ママはボクの心のつかみ方を知りつくしている。ボクはいつのまにか、落ち葉そうじのタダばたらきをはじめていた。トラック一台分のお金をかせぐかわりにね。

　ママがくれた熊手は、ひどくボロかったんで、新しいのがほしいっていったんだ。そしたら、みんな、今あるものでがんばっているっていうんだ。

　ほんのちょっとの落ち葉をかきあつめるのに、30分もかかったよ。それなのに、小さな子たちがだーっと走ってきて、また元通りちらばってしまった。

　いったいどうして、おとなは小さな子たちを公園そうじにつれてくるんだろう。まったくなんにも役にたたないのに。じつのところ、子どもたちは、ひっきりなしにやっかいごとをおこしていた。

　さっきだって子どもたちが、肥料の中で遊んでいて、だれかが子どもたちを追いださなきゃならなかった。

それに、この公園のそうじは、なんだかまとまりがない。まったく計画的とはいえないんだ。だれもちゃんとまとめようとしないから、なにもかもが大混乱だ。

事態はどんどん悪化していった。一台のバスが公園の駐車場に止まって、そこからたくさんオレンジ色の作業着を着た高校生ぐらいの子たちがおりてきたんだ。

明らかに、おりてきた子たちは、万引きとか、公共物破壊のバツとして、社会奉仕、つまり公園そうじにやってきたんだ。きっと公園にあるブランコとかに落書きした高校生もまざってるはずだ。

社会奉仕をしにきたヤツらは、ボランティアに協力してそうじするというより、サボるほうに興味がある。それに、かなりキケンなこともはじめている。

これ以上ないくらいサイアクの事態となったとき、ライトバンが公園の駐車場におしよせてきた。そして中からは、ガールスカウトの子たちがおりてきたんだ。

それはもう、バリバリに仕事ができそうな一団だった。

10分もたたないうちに、公園そうじをしている人たちをきっちりチーム分けしたうえで、ガールスカウトの子がひとりずつチームのリーダーについた。

ボクのチームの担当は遊び場の落ち葉をかきあつめることだったんだけど、チームの指令をくだしていたのは、ガールスカウトのまだ小さい女の子だった。

　正直にいうよ。ボクはガールスカウトたちが来てくれてよかったと思っている。みんなにビシビシいって、ちゃんとまとめてくれたからね。

　これまでだってガールスカウトの子たちがなにかをやるところを見るたびに、いつも感心していた。

　何か月か前、町が地元の人たちの市民菜園をつくろうとしたとき、だれもみんなをまとめることができなくて、計画が立ち消えになっちゃったことがある。

ところがだ。日曜日の午後、ガールスカウトたちはさっそうとあらわれてたった半日で菜園を完成させちゃったんだ。

つまり、こういうこと。もしボクぐらいの年の男の子たちにおなじことをやらせようとしたら、ろくなものができない。電動の工具なんかをわたしちゃうと、こうなるからね。

ガールスカウトの子たちは、公園そうじに来たっていうのに、スカウト活動の寄付金集めのチャンスをのがしたりしない。ささっとチョコミントクッキーを売る店をはじめた。その最初のお客が、なんとママだった。きっと、ママは気が変わって、ボランティアを相手に商売してもいいって思うようになったんだろう。

　ガールスカウトの子たちが、あれこれ指令をおくってくれるのはうれしかったけど、ボクたちをとことんはたらかせるんだ。1時間も落ち葉をかきあつめていたら、すっかりくたびれはてて家に帰りたくなった。この調子じゃ、最後の落ち葉一枚を集めるまで絶対に、だれも家に帰してくれないだろう。

　うちのグループには、つかれはてたらしいヤツがもうひとりいた。宿題お助け隊のなかまのフルーだった。

フルーはすっごく頭がいいということに気づいて、たくさんのおとなが、質問ぜめにしたんだ。いつもはインターネットで調べるようなことをね。

しばらくして、気がついたんだけど、ガールスカウトの子たちは、うけもつチームを30分ごとに交代していた。ボクたちを見はる役の子が交代するときがチャンスだ。ボクはさっさと逃げだした。

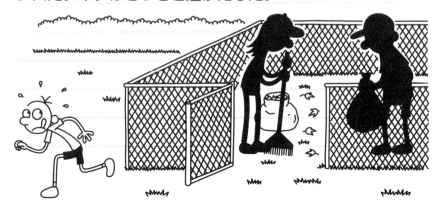

どこへ逃げだすかなんて、きまっている。小川だ！

小学1年のとき、ボクは水泳チームに入っていて、パパに毎日、町のプールまで車でおくってもらっていた。でも、パパが送りを終えて、行っちゃうとボクは小川まで走っていって、練習の時間が終わるまで魚をつかまえていた。

そして、パパが車でむかえにくる前にかならずプールにもどっているようにしていた。いつも練習が終わるまぎわにプールに飛びこんで、ずーっとプールで泳いでいたように見せかけていたんだ。

ところが一度だけ、パパがボクの練習しているところを見ようと、はやめにやってきた。なのにボクはどうやら魚つりにむちゅうになりすぎていたみたいだ。

　ボクはパパよりあとにプールについちゃって、すごく怒られた。

　今日は、小川でちょっとひとやすみして、またそうじにもどるつもりだったんだ。

　ところがボクが川について30秒ぐらいで、だれかがしげみをかきわけてやってきた。

　なんとそれはフルーだった。ボクが公園の遊び場から逃げだすのを見て、ボクのあとにつづいてきたんだって。

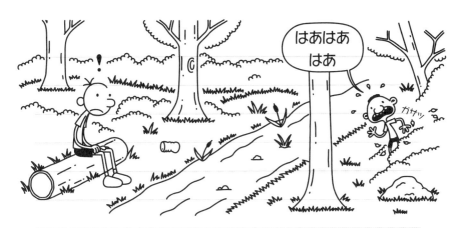

　フルーは、いいかげん、おとなたちの悩みにうんざりして、もう一秒だってがまんできなかったんだって。だからボクが逃げだすところを見かけて、こりゃいいと思ったらしい。

　ボクたちが話していると、なにか大きなものがこっちにむかってくる音がした。一瞬、クマかと思ったよ。ところが、それは、なんと社会奉仕に来ていた高校生のひとりだったんだ。

じつをいうと、ボクはそいつのことを知っていた。名前は、ビリー・ロットナーっていうんだ。ロドリック兄ちゃんのバンドの練習のときに、よく家の地下室に出入りしていたからね。

　一か月くらい前、兄ちゃんは友だちに、ビリーがコンビニエンスストアでミミズ・グミキャンディー袋をぬすんでつかまった話をしていた。

　そんなヤツが、ボクがかくれているところに来るなんて、かんべんしてほしいよ。ボクはビリーにややこしいことにまきこまないでほしかったんで、今すぐ公園にもどるべきだっていったんだ。

そしたらビリーは、逃げてきたんだから、もう二度とあそこにはもどらないだって。

そして泣きながら、小さいころのつらい思い出を語りだした。ママが、兄弟でなかよく分けて食べなさいってミミズ・グミキャンディをくれたのに、ビリーのお兄ちゃんが全部ひとりで食べちゃって、ビリーにはひとつもミミズ・グミキャンディをくれなかったらしい。

そのせいで、自分はコンビニでグミをぬすんじゃったんだと、ビリーはいった。やっと、一袋全部、自分で食べられたって。

ビリーのぐだぐだ話を、ただ聞いているなんて、いいかげんうんざりだ。ボクはそろそろフルーが、ビリーになにかいって聞かせてくれないかと期待していたんだ。

　ところがビリーの話を聞いて、フルーのほうのスイッチが入っちゃった。

　フルーは、両親に一週間のうち６日間、朝５時に起こされて、世界地図コンテストの勉強をさせられたと話しはじめた。それと両親に時間のムダだといわれて、やってみたかったサバイバルゲームも一度もやらせてもらえなかったんだってさ。

　もうたえられそうにないよ。このふたりの泣き言を聞いてるくらいなら、落ち葉をかきあつめているほうがだんぜんいいからね。

それで公園のほうへもどろうとしたら、どこからかいきなり、うちのチームの担当のガールスカウトの子があらわれた。そりゃ、もうびっくりしたさ。

ボクはとっさに走りだしていた。そしたらフルーとビリーもボクが逃げるのを見て、あとにつづいた。

ところが、さっきのガールスカウトは笛を持っていた。つぎの瞬間、ガールスカウトたちがもうれつないきおいで追いかけてきた。

ボクとフルーは、もしかすると脱走犯をかくまったことで大変なことになるかもしれない。そう気づいたら、ボクはさっきよりもはやく走っていた。

ガールスカウトが、正式に人を逮捕できるのかどうかわからなかったけど、そこに残ってたしかめようとは思わない。

きっとごほうびのバッジをもらいたくて追いかけてくるんだろう。

いったん走りだしたら、ビリーが先頭になり、そのうしろにボクとフルーがつづいた。明らかに、ビリーはこの手の経験が豊富だ。やるべきことがちゃんとわかってるみたいだからね。

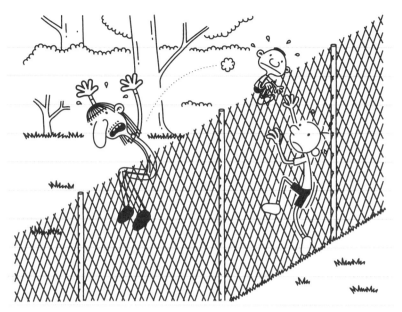

しばらくすると、ボクたちはなんとかガールスカウトの追っ手をふりきったようで、笛の音はほとんど聞こえなくなっていた。それで、しばらく立ち止まってひと休みすることにした。

ビリーは、ボクたちがガールスカウトから逃げきるには、エネルギー補給が必要だっていった。

そういうとビリーは自分の作業着から、ガールスカウトが売っていたチョコミントクッキーをとりだして、ボクたちにわけた。

　ビリーが、ちゃんとお金をはらってそのクッキーを買ったんだと思うことにするよ。でも、もしそうじゃなかったとしたら……。事実は知りたくないな。

　クッキーでおなかがいっぱいになると、ビリーは着ている服を全部脱ぐようにいった。というのも、もし、ガールスカウトが犬をつかってボクたちを追いかけてきたとしても、こうしておけばにおいをたどれなくなるからだって。

でも、そのとき、ボクは気づいたんだ。ビリーは、ミミズ・グミキャンディをぬすんで逃げきれなかった。だからそんなヤツに逃げかたの手ほどきを受けるのはかしこい方法ではないかもしれない。

　こりゃ、とんでもないまちがいをしでかしたよ。この状況からなんとかぬけださなきゃダメだ。それで、ボクは、追っ手につかまらないよう、みんなバラバラになって逃げるべきだといってみた。

　ところがフルーは、絶対に３人いっしょにいるべきだといいはった。

　それどころか、国じゅうを旅して、大冒険をしようっていうんだ。そして、どこかでサーカスとかに入っちゃうのもいいかもしれないだって。

ビリーも、フルーのアイディアが気にいったようだ。それからふたりは、もしこの冒険が有名になって、映画化する話がでたら、だれがそのもうけをもらうべきか、いいあいをはじめちゃった。

ボクはこのすきにするっと逃げようと決めた。ところが、ボクが逃げようとしたとたん、どこからともなく、何台ものライトバンがあらわれた。

いちばん前のバンにはママが、うしろにつづくバンには、ガールスカウトたちが乗っていた。

フルーは、きっと最後の抵抗をして逃げだすかと思ったよ。

ところが、あれだけえらそうに大口をたたいて逃亡生活を語っておきながら、フルーはあっけなく降参した。

きっとママはものすごく怒るだろうと思っていたんだけど、どうやらボクが無事でほっとしたようだ。そしていったいどうして、こんなふうに逃げだそうなんて思いついたのかを知りたがった。

どうころんだって、ビリーは、まちがいなくヤバいことになる。だけど3人ともが、ヤバいことになる必要はない。だから、ボクはビリーに全部責任をなすりつけた。

まあ、少しは気の毒だと思ったさ。でも、チョコミントクッキーをぬすんだのは、ビリーだからね。

ビリーの刑にどれくらいの社会奉仕が足されるんだかわからない。でも、ビリーがそれをやり終わるころには、ボクはうんと遠いところの大学生になっているだろう。

ところで、ボクはどうやってママがボクの居場所をつきとめたのかその方法にびっくりした。

ママは、ブタにＧＰＳチップを買ったとき、もうひとつをボクのために買ったらしい。それがまさかボクのクツのひもにつけられていたなんて。ボクは、なにも知らずにこの二か月間あちこち歩きまわっていたんだ。

ボクが公園からすがたを消したとき、ママは自分の携帯電話のアプリをつかって、ボクがどこにいるのかを見つけたんだ。

うーん、今はママに、過保護だって文句をいうのはやめておこう。だって、ママが助けにきてくれなきゃ、ボクはあやうくフルーやビリーと旅まわりのサーカス団員になっちゃうところだったからね。

これで、ママの「電気使わない週末イベント」は終わりをつげた。

10月

金曜日

　パパはこれまでもボクにきびしかったけど、今はその100倍（ばい）もひどい。

　町（まち）の公園（こうえん）での騒動（そうどう）があってから、まちがいなくパパはボクのことを信用（しんよう）できないと思っている。それで、パパが家にいるときは、いつもかならずおじいちゃんとおなじ部屋（へや）にいさせて、目を光らせている。

　監視（かんし）カメラのことなんて知らなければよかったよ。それがあると思うと、気が気じゃない。じつのところ、家の中にいくつ監視（かんし）カメラがあるんだかわからない。

　マニーのアヒルのぬいぐるみに入っていることはたしかだ。いつもあの目がボクを追（お）いかけてくるからね。

だけど、もしアヒルにカメラがついてなかったとしたら、この数日間、ボクはとってもバカなことをしてきたってわけだ。

　パパは今朝、ママに空港まで車で送ってもらった。ありがたいことに、仕事で出張なんだって。いくらなんでも、これなら監視カメラでボクを見はるのはむずかしいだろう。まあ、それでもヘマをやらかさないように要注意しなきゃだ。だってどこかの監視カメラをまわしっぱなしにしてちゃんと録画されてるかもしれないからね。

　今朝、歯みがきが終わると、パパにいわれてるとおり、ちゃんと歯みがき粉のフタをしめようとしたんだ。

　ところが手がすべって、フタを洗面台に落としちゃったよ。

フタは、洗面台の中で何回かはねて、排水管の中に落ちちゃった。

　きっとパパは、出張からもどったらすぐに二階にあがって、歯みがき粉のフタがちゃんとついているか確認するはずだ。だから、なんとしてもフタをひろって元にもどさなきゃいけない。

　ボクはまず、綿棒を排水管につっこんでフタをとりだそうとこころみた。とれたのは、ぬけた髪の毛のかたまりとかのゴミだけだった。

排水管には、とんでもないもんがつまってるんだね。水道工事の仕事は大変だろうな、ボクにはむいてないよ。

　もしかするとボクは、綿棒で逆に、歯みがき粉のフタを奥までおしこんじゃったかもしれない。それで洗面台の下のキャビネットを開けて、どこに落ちたのか調べようとした。

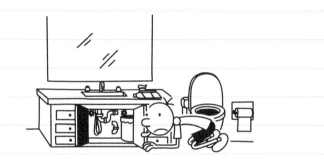

　パパは、水まわりのトラブルを解決する日曜大工の本をたくさん持っている。地下室にあるはずだ。こんなことがあったときに、どうやってなおせばいいのか、きっと細かく手順が書いてあるにちがいない。

　ところが、そういう本の図を見ても、なにがなんだかわからない。それで、いちばんいいと思ったことをやってみた。洗面台の下の、プラスチックの管の中に、フタがあるにちがいないと思ったんだ。

それで、プラスチック製の管と金属製の管をつなぐ留めネジをゆるめたら、かんたんに管がはずれた。

　でも、きっと、それをする前に水をとめるバルブを閉めておかなきゃいけなかったんだろう。はずした瞬間に、すごいいきおいで水がとめどもなく流れだした。

　バルブを閉めるのにまるまる１分かかった。洗面台の下から流れる水をとめて、立ちあがると、バスルームの床に大きな水たまりができていた。

118

ボクは、バスルームにあったタオルを全部つかって水をふきとろうとしたんだ。でも、まったく足りない。それで、下におりて、洗濯機のある部屋にあるタオルをとりにいった。

　ところが、キッチンでは、もっとひどい問題が起きていた。

　ボクは、おじいちゃんにどこから水がもれているのか説明したんだけど、おじいちゃんはあんまり気にしてないみたいで、これはたいしたことがない、せいぜいキッチンの天井にシミが残るくらいだろうといったんだ。

　おじいちゃんが、たいしたことないよっていってくれたのには感謝するよ。でもパパはちがう。きっとまちがいなくこの事態を深刻にとらえるだろう。

おじいちゃんにこの最悪の事態から救ってほしいといったら、助けてくれるっていったんだ。水のシミをかくす特別なペンキがあるらしい。それを買いに、ホームセンターまで車でつれていってくれるといってくれたんだ。

　やったね、と思ったよ。それで、おじいちゃんは、パパの車のカギを持って、ボクたちは車にのりこんだ。でも、おじいちゃんは、車道にでようと車をバックさせていたら、道ばたのゴミ箱にぶつけてしまった。

　まあ、まだそれだけなら、気にしない。でも、そのあとすぐにおとなりさんの家の郵便受けにぶつけたときは、すごく心配になってきた。

　そういえば、おじいちゃんがこの前運転したのはいつだっただろう。そうだ、思いだした。去年、おじいちゃんは運転免許の更新に行ったんだっけ。そしてテストに落ちて、免許をとりあげられちゃったんだ。

免許をとりあげられたままなら、おじいちゃんは、運転しちゃいけないということだろう。

　ボクはもう心配で心配でたまらなくなった。おじいちゃんに家に帰ろうっていったんだ。でも、いったん道路にでたおじいちゃんは、どうしても、引きかえそうとしない。

　家の近所をはなれるころには、おじいちゃんは運転のコツをつかんできたようだ。それでも、ハイウェイの入口に入っていくとき、ボクはまだ心配でたまらなかった。

　よかったことに、その時間はあまりほかに車が走っていなかった。あと数キロでホームセンターにつく。

でも、なんだか不思議だよ。ハイウェイの道路標識がぜんぶ反対向きなんだ。どうしてなんだろう、ボクにはわからなかった。

　そしたら、前の方から２台の車がこっちに向かって走ってきた。そのとき、やっと気がついたよ。おじいちゃんは、ハイウェイの入口からじゃなくて、出口から入っちゃったんだ。ボクたちの車は逆走してる！

おじいちゃんが急ブレーキをかけたら、車は180度回転して、道路の路肩でとまった。どこにもぶつからなかったのは奇跡だった。このとき、もう死ぬかと思って、ボクたちはすっかりふるえあがってしまった。

こうなると、キッチンの天井にシミができたことなんてどうでもいい。ボクもおじいちゃんも、ドキドキしちゃって今日のところは、さっさと家に帰ろうという気持ちになった。

少なくとも、帰りは車線はまちがっていなかった。でも、おじいちゃんが、車のアクセルをふんだら、1、2メートル動いたところで急にストップしちゃった。

さいしょは、おじいちゃんがさっき急ブレーキをかけたときに、なにかあったんだと思ったんだけど、ダッシュボードのガソリンのメーターを見てわかったよ。ガス欠だ。

　たしか兄ちゃんがきのうの夜、この車でバイトにでかけたんだ。もちろん、兄ちゃんがガソリンを入れるはずがない。

　おじいちゃんが、2キロ先にガソリンスタンドがあると標識を見つけた。それで、歩いていってガソリンを買ってくるといったんだ。これで家に帰れるってさ。

　ボクは、おじいちゃんといっしょに行きたかったけど、おじいちゃんにハイウェイの管理局にレッカー移動されちゃったら大変だからここに残るようにといわれた。あんまりいい考えだとは思えなかったけれど、ほかにどうしようもなかったからね。

おじいちゃんは歩いてガソリンを買いにでかけたきり、一時間たっても帰ってこない。ボクはちょっと心配になってきて、バックミラーをのぞくと、遠くのほうに数人の人が見えた。

　車道のわきを、こっちにむかって歩いてくる。さいしょは、だれか助けてくれると思ってよろこんだんだ。でも、その人たちがオレンジ色の作業服を着ているのを見て、体がこおりついちゃった。

　まちがいなく社会奉仕のヤツらだ。道路わきをそうじしながらボクのいるほうにむかっている。

　もっと近づいてきたら、どうしよう。あのビリーもその中にいる。一か八かで、逃げだそうかとも思ったけれど、危ない橋はわたりたくなかった。

結局、ボクができそうなのは、ドアのロックをして、かくれていることぐらいだ。車の中に、かくれる場所なんてあんまりないんでボクは、ダッシュボードの下にもぐりこんで、しずかにしていた。

できるだけ息をひそめて、ひたすらいのったよ。うちの車にヤツらがやってくるまで、うんと時間がかかった。そしてヤツらは車にたどりつくと、ランチのきゅうけいにちょうどいい場所だと思ったようだ。

やっとのことで、社会奉仕の連中はランチを終えて先にすすんでいった。ヤツらったら、平気でランチのつつみ紙とかをちらかしたまま行っちゃった。まったく、ハイウェイのそうじの仕事を、なんだと思ってるんだろう。

ヤツらが行ったことをたしかめてから、ボクは起きあがろうとした。でも、長いあいだずっとヘンなかっこうでいたもんだから両足ともしびれちゃったんだ。それで座席のあいだにあるギアをつかんで、はいあがろうとした。

そしたらなんとギアを動かしちゃったんだ。そのとたん、車も動きだした。

ボクは、ギアをうっかりいれちゃった。それで、車が前にすすみだしたんだ。

　車はどんどんスピードがあがったんで、ボクはブレーキをふんだ。ところがブレーキがきかなくて、車はどんどん前にすすんでいく。このままじゃ、車道にでて、ほかの車としょうとつしてしまう！

　そう思ったときだ。おじいちゃんがハイウェイわきの道をこっちに向かって歩いてきたんで、もうボクの頭の中はぐちゃぐちゃになった。

ボクはあわててハンドルを左にきった。ギリギリのところで、おじいちゃんをひかずにすんだ。けど、問題は、そのせいで車がみぞに落ちちゃったことだ。それでボクたちは、ママがレッカー車とともにやってくるまで、２時間も待つはめになった。

　もし、今日という日をもう一度やりなおせるなら、あの排水管に歯みがき粉のフタを落としたままにしておくよ。

月曜日

　ボクはママに、パパが帰ってきても車のことは話さないでくれとたのみこんだ。

でも、ママは車のフェンダーがめちゃくちゃにこわれちゃっているから、どっちにしてもパパにバレるっていったんだ。

　こうなったらもう、ボクに残された道は、この町をでることしかない。そういえばピッタリな手段があったじゃないか！

　今日から一週間、ボクの学年の希望者はハードスクラブル農場のキャンプにでかける。ボクがもどるころには、きっとパパの気持ちも少しは落ちついてることだろう。

　よし、急いで行動しなきゃいけないな。ボクがやっぱり気が変わって、キャンプにでかけたいというと、ママはすごくよろこんだ。

　ママは学校に連絡して、ボクが飛びいり参加できるのか聞いてくれた。幸運にもキャビンに少し空きがあった。

それからボクは通学用リュックを探して、先月学校から配られたキャンプに必要なものリストを探しだした。

買い物にでかけて準備をするにはもうおそい。ラッキーなことに、ママが、ガレージにほうりっぱなしになっていた兄ちゃんのダッフルバッグを見つけてきた。それには何年か前に、兄ちゃんがキャンプに行ったときの荷物がそのまま入ってた。もどってきてから一度も開けていなかったんだよ。

ずっと開けずにいたもんだから、登山ぐつ、レインコート、虫よけスプレー、なにからなにまでリストに書いてあったものが入っていた。幸先がいいってもんさ。

でも、バッグはすっごくクサかった。それというのも、バッグの中に食べかけのハムサンドが入っていて、なにかがいっぱい生えまくっていたからね。

　キャンプの食事のことが少し心配で、こっそりチョコレートバーをいくつか入れていこうかと思ったよ。でも、見つかったらどんなバツがまっているのかわからないから、くつ下をしまっている引きだしの中にかくしておくことにした。これなら、ボクがいないあいだ、だれかに食べられることはないからね。

　それと、ふゆかいな思いをするのだけは、絶対にさけたかった。

　ボクはおしりふきを3箱、兄ちゃんのバッグにいれた。そのせいでレインコートをあきらめなきゃならなくなったけどね。

　おしりふきはバックの底におしこんだ。だってボクが持ちだしたことをママに知られたくないからね。ママは、赤ちゃんのおしりふきは、家族がふだんつかうにはとても高いから、マニーのためにとっておくんだっていってるんだ。

　だから、ボクは大きくなったら大金持ちになりたい。たくさんお金があったら、好きなだけおしりふきを買えるからね。

でも、ボクがお金をかせぐようになるまでは、マニーのおしりふきをちょうだいするしかない。

　ボクがキャンプにでかけようとしたら、おじいちゃんが、子どものころ大切にしていた本を持ってきた。それは、もともとおじいちゃんが、ボクとおなじ年ごろのときのパパにあげたものなんだけど、今度はボクにもらってほしいんだって。この本は、きっと役に立つだろうっていうんだ。

ボクの役に立つのかわからないくらい古い本だったけど、せっかくのおじいちゃんの厚意をふみにじるなんてできない。ボクはキャンプについたら、できるだけはやく読むねっておじいちゃんにいったんだ。

　この本は、なんとかダッフルバッグにうまいこと入った。上にのせるものが多いほど、おしりふきをかくせるからね。

　今朝、ママはボクを学校の前でおろしてくれた。ボクは、やっぱりキャンプの準備があまかったよ。

みんな、うんとたくさんの荷物を持っている。ボクは、なにか持ってくるのをわすれてるんだろうか。

バスにボクたちの荷物を全部つみこんだら、バスの半分が荷物にせんりょうされちゃったよ。

ということは、ボクたちはぎゅうぎゅうづめになってすわるしかない。なんだか体験キャンプまでの道のりが、想像していたよりもうんと長く感じたよ。

やっとキャンプ場の入口にある門について、ホッとした。でも、さいごの道のりが砂利道で、すごくきつかった。

ボクたちがバスからおりると、ちょうどほかの学校の子たちが帰るところだった。どの子も、いっこくもはやくここをはなれたいって感じに見えた。

うしろの座席の男の子が、手書きの紙を持っていたんだけど、どういう意味だかまったくわからなかった。

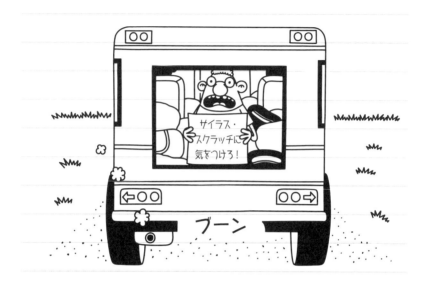

　ボクとおなじ学年の子の数人が、それを見てものすごくビビッた。ボクのとなりに立っていた子のお兄ちゃんが、何年か前にこのキャンプに参加したことがあって、サイラス・スクラッチの話をいろいろと教えてくれたそうだ。

　それによると、サイラス・スクラッチは、この農場で暮らしていたんだけど、お役所に土地をうばわれて、追いだされちゃったんだって。

ほかの子もこの話に食いついた。その子によるとサイラス・スクラッチは森にのがれて、ナメクジとか、木の実とかを食べて生きつづけたそうだ。そしたらメリンダ・ヘンソンは、そのあとのことを聞いたと話してくれたんだけど、サイラスはきょうぼうになって、指の爪をウンと長くのばしていたらしい。

サイラスの長い爪のことさえ聞かなかったら、たえられたのに。ボクは、その手の話はこわくて、とにかくたえられないんだ。

キャンプのお手伝いに来た親のひとり、ヒーリーさんも話にくわわった。ヒーリーさんが、むかしここに来たとき、フランキーっていう子が、森の中でたまたまサイラス・スクラッチのほったて小屋を見つけちゃったんだそうだ。それでサイラス・スクラッチを見たショックで、おそろしいことになってしまったそうだ。

今じゃサイラス・スクラッチのことを知らない子はいない。サイラスの話は、あっというまに広がったんだ。

サイラス・スクラッチの話は、どれもこれも、ぞっとする。

もしさいしょに、このキャンプ付近できょうぼうな農民がうろついてるという話を聞いてたら、絶対にボクは家にいて、パパのことはかくごして運を天にまかせたはずだ。

　バスから荷物をおろしたボクたちは、キャンプの本館ロッジに集まった。長テーブルがたくさんならぶ、とても大きなログハウスだった。

　音楽のグラッツィアーノ先生が今回のキャンプの責任者だ。みんなが着席すると、先生はキャンプの規則について説明してくれた。やたらと守らなきゃいけない規則があったけど、いちばん大事なのは、男子と女子は、それぞれ別のキャビンにとまるけれど、どんな理由があっても、おたがいに行き来しちゃいけないってことなんだって。

グラッツィアーノ先生は、このキャンプを担当して19年目だそうだ。先生は、バカなことをしでかす人は、絶対にゆるさないだろう。先生は、キャンプの手伝いに来た親たちに、生徒全員の持ちもの検査をして、駄菓子とか、携帯やゲーム機をかくしていないか調べるようにいった。

　何人かの子は、バッグの中に禁止されているものをかくしていて、こっぴどくしかられた。マイク・バローズは、リュックの中にミミズ・グミキャンディをいっぱいつめこんでいて、デュアン・ヒギンズは、こっそり巨大なチョコチップクッキーを持ちこんでいたのがバレた。

家にチョコレートバーをおいてきて、ホントによかったよ。だけど、赤ちゃん用おしりふきを引率の親にとりあげられちゃったらどうしようってすごく心配だった。ジョーンズさんが、ボクのバッグに鼻を近づけたんだけどにおいをかいだとたん、中を見ようとしなかった。

　そのあとのランチは、ホットドッグとベイクドビーンズ、ピーマンの肉づめだった。メニューはそれだけしかないから、えらびようがない。この３つがきらいだったら、運に見はなされたってことさ。

　食事が終わると、お手伝いの親たちは、食べのこしは、大きな鍋に全部入れるようにといった。

ボクは、ピーマンの肉づめを一口も食べなかったんで、その鍋の中に全部すてた。

　ボクはヒーリーさんに、どうして食べのこしをゴミ箱じゃなくて、鍋に入れるのか聞いた。そしたらこのキャンプでは、どんな食べ物もそまつにしないので、食べのこしは、つぎの食事のシチューに入れるんだって。

　このやり方は、ヒーリーさんが子どものころこのキャンプに来たときも、まったくおなじで、今もおなじ鍋をつかってるらしい。つまり、30年前の残り物もまだあるかもしれない。

　昼ごはんが終わると、グラッツィアーノ先生は、引率のお母さんたちに女の子をキャンプの向こう側にあるキャビンにつれていくようにいった。

じつをいうと、ママは、さいごまでキャンプのお手伝いボランティアをやりたがっていた。でも、マニーをおじいちゃんと兄ちゃんにまかせるのが心配であきらめた。ちょっと残念だったよ。だって、女の子のキャビンで聞いた極秘情報を、ママからこっそり教えてもらえたかもしれないからね。

ボクたち男の子は、そのまま食堂にのこって、どのキャビンになるか、ふりわけられることになっていた。だいたい、いつも仲のいい子どうしでグループわけされていたけど、どのグループにもひとりだけ、なかよしじゃない子が入れられているみたい。

きっと先生たちは、問題を起こしそうな生徒が、ひとりずつばらばらのキャビンになるように、グループわけしたにちがいない。

　でも、ヌッチさんが引率するグループだけは、問題を起こしそうな生徒はひとりじゃない。ヌッチさんの仕事は、刑務所の看守だからね。きっと、先生たちはヌッチさんなら、おてのものだと思ったんだろうな。

　参加を決めたのが出発ぎりぎりだったんで、ボクはグループ分けからはみだしちゃった子たちといっしょになった。で、その中にはロウリーもいた。

ロウリーとおなじキャビンでうれしかったよ。でも、ロウリーのパパ、ジェファーソンさんがボクたちの引率だなんて、あんまりだ。おじさんは、ボクのことをずっときらっているからね。だからボクは、この一週間、おじさんと鼻をつきあわせてすごすなんてイヤなんだ。

　キャビンは、外から見てもきれいじゃなかったけど、中はもっとひどかった。

　おなじグループのジュリアン・トリンブルは、そうとうショックが大きかったみたいだ。だって、中に入った瞬間、口びるがブルブルふるえはじめていた。

　そもそも、ジュリアンがこのキャンプに参加すると聞いたとき、ボクはびっくりしたんだ。だって、あいつは、親とはなれて一晩すごしたことなんて、一度もないはずだからね。

ジュリアンはいつも毎朝、学校まで送ってくれたママと別れるときに、いつも泣きわめくタイプの子だった。２年生のときなんて、ママをしっかりつかんではなさなかったもんだから、教頭先生がやってきて、ジュリアンをママからひきはがさなきゃならなかった。

ジュリアンは、このキャンプの参加を自分で決めたんだと思っていた。でも、今朝学校にきたときの様子を思いだすと、ジュリアンはママにだまされたのかもしれないな。

おなじグループのみんなは、ベッドをえらびはじめた。やっとわかったよ。みんなのバッグがやたらとデカかったのは、このためだったんだ。

　ボクは、ねるところぐらい、ちゃんとしているはずだと思っていた。ところが、そもそもこんな場所に、期待をしちゃいけなかったわけだ。

　持ってきたもので毛布のかわりになりそうなのは、パーカーだけだ。ところが、それには兄ちゃんの何年も前のハムサンドのにおいがしみついてる。

　きたないシミのついていないマットレスなんてほとんどない。ボクは二段ベッドの上のほうをえらんだ。ジュリアンの下でねて、ヤツのおねしょでひどいめにあうなんてのはゴメンだからね。

ところが、ついてないっていうのはこのことだ。なんとロウリーのパパが、ボクのベットの下の段に入ってきた。つまりボクとおじさんは、二段ベッドをいっしょにつかうことになった。

荷物の整理を終えると、みんなで「チームワーク」を高める練習をするために、広場に集まった。

まず、とりくんだのは、「信頼関係ゲーム」だ。ひとりがうしろにたおれ、うしろにいる子たちがその子を受けとめるゲームだ。チームで、おたがいを信頼することを学ぶのが目的なんだろう。

残念ながら、ジョーダン・ランキーは、まだボクたちがどこに立つか話しあっているあいだに、たおれてきた。

　ロウリーのパパは、やり方を教えてくれた。2列になって向かいあわせに立ち、おたがいのうでをしっかりつかんで、おちてくる子をうけとめればいいんだって。だから、ジェフリー・スワンソンが台にのぼったとき、ボクたちはもうこれで準備ばんたんと思ってたんだけどね。

ジェフリーは、けっこうデカい子だった。ヤツが重すぎてうけとめきれず、ロウリーとガレス・グライムズのふたりが、もろに頭をぶつけてしまった。

ガレスの前歯が一本ぬけたんで、みんなでひざをついて探しまくった。そしたら、やっとエミリオ・メンドーサが、歯を見つけた。なんと、ロウリーのおでこにささっていたんだ！

ロウリーのパパは、エミリオに急いで看護師さんを呼んでくるようにいった。看護師さんは、すぐに血をとめるためのぬれたタオルを持ってきた。

ところが看護師さんは、どんなにひっぱっても、ロウリーのおでこにささった前歯をぬくことができなかった。歯が、あまりにもしっかりささっていたからね。

ロウリーのパパは、奥さんに電話して、ロウリーを病院につれていってもらうことにした。ロウリーをふつうの病院につれていくのか、歯医者さんにつれていくのかわからない。だれだってこんなとき、どうしたらいいかなんて思いつかないはずだ。

おじさんは、自分の子がいなくなったのに、たくさんの子たちをめんどうみるはめになった。ボクたちに、チームで協力する方法を教えようとして、いろんなゲームとかをやらせた。だけど、そんなゲームをやってわかったのは、どれだけボクたちがダメかってことだけ。

「水のリレー」っていうメニューもやったんだ。一列にならんで、小川から自分のキャビンにある金だらいまで、水を運んでいくゲームだ。

まず、さいしょの子が小川で水をバケツにくむ。その水を、つぎにならんだ子のバケツにうつす。つぎつぎに、そうやって水をリレーしていくんだ。

だけど、そのとちゅうで、どんどん水がこぼれて、キャビンに着いたときには、金だらいに入れる水は、ほとんどなくなっていた。

このままじゃ、いつまでたっても「水のリレー」が終わらない。なんとか金だらいをいっぱいにする、もっと効率のいいやり方を見つけなきゃいけなかった。それで、ボクたちは知恵をだしていい方法を考えついたんだ。

そのあと、全員がスカーフでそれぞれの手首をつないで、ロープで組んだ道をすすんでいくゲームにいどんだ。でも、ボクのグループときたら、運動にかけてはまったくダメで、まったく希望が持てないくらいひどかった。

ロープのゲームのあと、ボクたちは自分たちのスカーフをほどこうとしたけどムリだった。あまりにキツくしばったからね。そんなときにかぎって、ジェフリーがキャビンのトイレに入りたくなる。

　夕方ごろには、みんなすっかりつかれはてていた。ロウリーのパパが、夕食の時間だといってくれたときは、ホントにうれしかった。

　夕食は、チキンと、ゆでたトウモロコシとシチュー。ボクはシチューをパスした。そしたら、ジョーダンのシチューの中からタコスの皮が丸ごとでてきた。ほらね、やっぱり食べなくてよかったよ。その皮がいったい何年前から入っていたのか、わかったもんじゃない。

夕食のあと、ボクたちはキャビンにもどった。ロウリーのパパが、みんな森にでかけたから、体に血を吸うダニがついていないか、たしかめるようにといった。それぞれ、二段ベッドの上下にねるものどうしで調べることになったんで、ボクはおじさんの頭を調べることになった。

　おじさんは髪の毛の量が多いんだ。ボクは頭の中をついて、いちいちていねいに虫がいないかほじくるつもりはなかった。もしかすると、おじさんの頭の中には、血を吸うダニがたくさん住みついているかもしれない。

　みんなは、いつだって自然の中ですごすのはいいよねっていうけれど、そういうところには、気持ちの悪いぞっとするような虫がいっぱいいる。

以前はボクだってよく朝から晩まで森で遊んでいたもんさ。でも、生きてるクモを飲みこんじゃってからやめた。

こういうキャンプみたいな場所だと、建物の中にいても、外とおなじくらい虫がウヨウヨしている。夕食の時間中になにかよくわからない虫が、ある子の耳に入りこんじゃった。それで保健室にいって、耳からとりだしてもらわなきゃならなかった。

ジョーダンが、ジュリアンの首のうしろにダニがいるのを見つけたんで、みんなでビビったよ。でも、ロウリーのパパは、ジュリアンはだいじょうぶだからといって、保健室につれていった。

　おじさんたちがいってしまうと、のこったメンバーはバカさわぎをはじめて、手がつけられなくなった。

　キャンプの初日から看護師さんのおせわになるなんてゴメンだよ。チーム５人目の犠牲者になりたくないからね。ボクは絶対にさわぎにかかわらないようにした。

　ロウリーのパパがもどってきたときには、キャビンの中はぐちゃぐちゃになって、ボク以外の子たちはゴミだらけできたなかった。

ここの床って、今までだれもそうじしてなかったんだろうね。床をころがりまわったみんなの身体中に、ゴミやホコリや、だれのかわからない髪の毛がたっぷりついていた。

　キャビンで大さわぎしたバツとして、ロウリーのパパは、全員に今すぐねるようにいいわたした。ボクは、なにも悪いことをしていないのに、さわいでいた連中といっしょにされちゃったんだ。そういうわけで、初日だというのに、こんなはやい時間にねることになった。

火曜日
　ロウリーのパパは、みんなを夜明け前に起こして、朝食の前にシャワーをあびなさいっていった。

そのときはじめて、キャビンのバスルームにシャワーがないことに気がついた。シャワーは、キャビンの外にある。そして、シャワーにつかうのは、きのうリレーで運んできた金だらいの水だ。

　どうやって金だらいに水を入れたかをおぼえているのは、ボクだけだったみたいだ。だってボク以外の子たちは、順番を待つために列にならんだんだから。

　その水はフケツなうえに、とんでもなく冷たかったらしい。

まあ、そんなことだろうと思って準備してきてよかったよ。絶対に、このキャンプ中にシャワーなんてつかうつもりはないけど、なにがあってもセイケツにすごしたい。

　朝食は、きのうよりもいいとはいえなかったけど、少なくともシチューはでてこなかった。だけどパンケーキは、石みたいに固くて、かもうとしたら歯がおれちゃいそうだった。

　エミリオはパンケーキをポケットにしまいこんだ。ママに、郵便でおくってキャンプの食事がどんなにひどかったか、知らせるんだってさ。

朝食が終わると、グラッツィアーノ先生が、今日の予定を話した。

　むかしの農場で育った子がやったのとおなじような仕事を、みんなでやる予定だってさ。

　グラッツィアーノ先生は、むかしの子たちは、家の手伝いができる年ごろになったら、仕事を手伝わなくちゃいけなかったことや、朝起きてから日がくれるまでずっと仕事をしていたんだと説明してくれた。

　これで、またもうひとつ、むかしに生まれなくてよかった理由が見つかったな。

ボクたちのチームは、納屋の仕事からはじめた。納屋の干し草のかたまりを、べつの建物に運ぶ仕事だった。これがまあ、ホントに大変で、むかしの子たちはよく毎日こんな仕事をやってきたなあと感心しちゃったよ。

ボクたちは、全部運びおわると、よくやりきったという達成感を味わった。

ボクたちがつぎの仕事場に行こうとしたそのとき、ヌッチさんのチームがやってきた。そしてヌッチさんは自分のチームの子たちに、その干し草のかたまりを、べつの場所に運ぶ仕事をいいつけた。なんと、もともとその干し草があったところに運ぶようにだって。ボクたちが、あんなに苦労して運んできたっていうのに。

ホント、子どもにこんなことをさせるべきじゃないよ。ボクが１年生のとき、ボクの担任の先生が「極秘任務」があるっていったんだ。それでボクは先生から手紙をわたされて、下の階にいる先生に持っていってほしいといわれた。

それから毎日、担任の先生は、ボクにまた手紙をわたして、運んでほしいとたのんできた。

　ある日、ボクは手紙になにが書いてあるのかすっごく知りたくなって、こっそり開けてみた。ところが、中身はただの白紙だったんだ。

　結局それは、ママが先生に「自信がない」ボクが心配だと相談したせいだとわかった。ヒミツの仕事をたのまれたのは、ボクに自信を持たせるためだったなんてひどいよ。ボクがやらなきゃいけないことをがんばれない性格になったのは、このせいだ。

　ボクたちのチームは、午前中にいろいろなことをやった。カベのペンキをぬって、石がきの修理をして、キャンプファイアー用のたき木を本館ロッジの横につみあげた。

いっておくけど、もしボクが将来自分の農場を買うとしたら、まちがいなくキャンプ場をつくるよ。教育だといって、たくさんの子どもたちをただではたらかせるなんて、天才的だからね。

　ランチのあと、ボクたちは自分たちのキャビンに帰ろうと歩いていたら、ガレスが地面からつきだしていた岩につまずいた。

　その岩を見たエミリオは、すごくとりみだした。

　岩には引っかき傷がいくつかついている。エミリオは、こんなことをするヤツは、サイラス・スクラッチしかいないっていったんだ。

するとジェフリーが、この岩は、サイラス・スクラッチのお墓じゃないかといいだした。ヤツが安らかに眠っているところをじゃましたんで、ボクたちに呪いがかかったというんだ。

　ボクは、みんなにきちんと説明してやった。そもそも、もしサイラス・スクラッチがホントに死んでいたとしたら、みんなにとっていい知らせだ。それに、この岩がサイラス・スクラッチの墓であるはずがない。もしそうなら、ヤツは自分で自分の墓をたてたってことになるんじゃないかってね。

　あ〜あ、ボクはそんな説明をするべきじゃなかったよ。というのも、逆にみんなをふるえあがらせちゃったからね。それからは、サイラス・スクラッチは、絶対に殺せない、不死身の農民ということになっちゃった。

夕食のあとになると、みんな、サイラス・スクラッチのお墓のことばかりしゃべってる。

だれかが森でサイラス・スクラッチを見かけたというと、ほかのだれかが、まったくおなじ時間に、キャンプ場のべつのところにいるのを見かけたっていうんだ。

それからアルバート・サンディが、サイラス・スクラッチは農場のキャビンの下に地下トンネルをはりめぐらしてるから、すごい速さで移動できるんだってだれもかれもにいいふらした。

まったくアルバート・サンディのヤツめ。今や、みんなこわがって、だれもトイレにいこうとしないじゃないか。

家にもどるまでトイレにいくのをガマンするっていっている子までいる。そんなのいくらなんでもムリだよ。キャンプはまだ2日目なんだから。

水曜日

　今日、農場の仕事をぜんぶ終わると自由時間になった。やっと、好きなことができるんだ。ボクは昼寝をしようとしていたんだけど、おなじキャビンの子たちは、べつのことをやろうとしていた。

　ガレスとジェフリーとジョーダンが、夕食のシチューにはうんざりだから川におりていって魚をつかまえようっていったんだ。

　そんなバカな話は聞いたことがない。だって、みんな釣りざおとか、魚釣りをするための道具をなにひとつ持ってきてないんだよ。

　それでも、ヤツらは本気で、小川にでかけていったんだ。ボクはキャビンにもどってベッドにもぐりこんだよ。

　なかなか眠れなかったけど、やっとウトウトしはじめた。そのとき、でかけていたヤツらがものすごいいきおいでドアからとびこんできた。

信じられないよ。あのおバカなヤツらが、ホントに魚をつかまえてきちゃったんだから。ジェフリーのシャツを網代わりにして、魚を1匹すくいあげたんだって。

　ところが、魚をつかまえたけど、どうしたらいいのかわからない。はっきりしているのは、だれもこの魚を食べるつもりはないってことだ。

　ボクは、3人にはやく魚を水にいれないと、死んじゃうよといった。

　そしたら、ガレスは魚のしっぽをつかんで、ぽいっとトイレにほうりこんだ。ジョーダンは、トイレの便座に自分の水とうの水をいれて、自由に泳ぎまわれるように水をふやしてあげた。

　魚は、しばらくのあいだはだいじょうぶそうだ。ボクは、魚を川にもどしてあげようとバケツをとりにいこうとした。

　ところがボクがとりに外へでようとしたそのとき、ジェファーソンさんが、キャビンにもどってきた。3人はトイレのドアをバタンと閉めたんで、ボクはできるかぎりなんでもないふりをした。

きっとロウリーのパパは、トイレに魚がいると知ったら怒るだろう。そのせいで、2回目のお目玉をくらってはやくねるなんて絶対にイヤだ。

　おじさんは、ほかの子たちがどこにいるのかと聞いてきた。ボクは、きっと川にでもいるんじゃないかって答えておいた。そしたら、ほかの連中を見かけたら、手紙をうけとりに本館ロッジに来るように伝えるようにといった。

　ロウリーのパパがでていってしまうと、ボクたちは、魚がはねて床に落ちないように、トイレのフタを閉めて、全員が集まる本館にむかった。

　グラッツィアーノ先生は、家から届いた手紙をそれぞれの子にわたしていった。ボクにも、ママから手紙がきていた。正直なところ、読みながら、ちょっとママが恋しくなったよ。

> グレッグへ
> 　あなたがいなくて、とても
> さびしいですよ。はやく
> 帰ってくるのを待ってるわ。
> すばらしい時間をすごせます
> ように！
> 　ハグとキスをおくるわ！
>
> 　　　　　　　　　ママより

　兄ちゃんからも手紙がきたけど、ママのとちがってうれしくない。

> グレッグへ
> おまえのチョコレートバーを
> 見つけた。ほら、このつつみ紙の
> においをかげよ。
> ハッハッハ

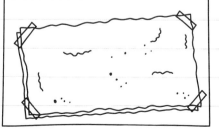

パパからは手紙が来なかったけど、ブタからの手紙を受けとったんだよ。家族のだれかが冗談で書いた手紙であることをねがうよ。だって、もしブタが文字をかけるようになっちゃっていたら、ボクはなんていったらいいか、言葉が見つからない。

ブヒッ
ブヒッ
ブヒッ

ジュリアンも家から手紙をうけとっていた。でも、ヤツのママはどうやら大失敗した。写真もいっしょに送ってきちゃったんだ。

ジュリアンだけがホームシックになったわけじゃない。手紙が一通も届かなかった子は、手紙を受けとった子に届いた手紙を大きな声で読んでほしいとねだっていたんだ。

家からきれいな服とか下着がはいった小包を受けとった子もいた。

でも、ボクらのチームでいちばんすごいのを受けとったのはグラハム・バートランだった。とても大きな箱が届いて、ずいぶんとキャンプ用品がつまっていた。

キャビンにもどってからわかったんだけど、グラハムは、このキャンプにでる前にこの箱を自分あてに送っていたんだそうだ。キャンプ用品の中に山ほどいい物をつめこんでおいたんだって。

　なんて、ありがたいんだ。グラハムは、よろこんでみんなにわけてくれた。まさか登山ぐつの中から、スナック菓子を食べるとは思わなかったな。このころには、ボクにはプライドなんてすっかりなくなっていた。

　そんなときエミリオが窓の外を見ると、ロウリーのパパがキャビンにもどってくるのに気がついた。ボクたちはばれないように、お菓子をすべて毛布の下にかくした。

　ロウリーのパパはキャビンに入ってきたけど、なにも気がつかない。

あ〜あ、やっちゃったよ。ボクたちはお菓子のことばかりに気をとられて、魚のことをすっかりわすれていたんだ。

ロウリーのパパにはちょっと悪いことをした。でも、これはボクにとっていい教訓だね。トイレの便座に座る前には、かならず中を確認しなきゃいけないってことだ。

おじさんは、ものすごく怒っていた。ふざけたいたずらだと思ったらしい。

もちろん、ロウリーのパパは、そんなことをやった犯人は、ボクだと思いこんでいる。

　そういうことで今晩、ほかの子たちはグラッツィアーノ先生とキャンプファイアーをかこんで、マシュマロを焼いて、歌ってすごしているというのに、ボクだけがブチ切れたロウリーのパパといっしょに居残りしている。

木曜日

　ほとんどの子は、きのうまでキャンプをふつうに楽しんでいたんだよ。けど、家族からの手紙が届いたとたん、みんな壁にぶちあたっちゃったみたいだ。

　ボクのクラスの子たちは、ほとんどがホームシックになった。予定よりはやく家に帰りたいといいはじめたんだ。ところが引率の親に、はやく帰ることができるのは、病気とかケガをした場合だけだといわれてしまった。

まあ、そんなことを、教えちゃダメだよね。だって、みんながわざと病気になろうとしはじめたんだから。

メリンダ・ヘンソンは、ランチのあと、ものすごく体調がおかしくなった。あとでわかったんだけど、メリンダは具合を悪くするために、シチューを3杯も食べたんだって。それはいくらなんでもやりすぎだと思うよ。

ところがだ。消化不良を起こしたメリンダは、保健室で数時間休むと、キャビンにもどらされた。

ジュリアンなんて、もっともっとすごいことをやってのけたんだ。ヤツは、キャビンでおなかをかかえているところを、ロウリーのパパに発見された。そのとなりに半分ぐらい食べた固形のデオドラント剤がころがっていたんだ。体にぬって、汗のにおいを消すやつだ。

これで、ジュリアンのキャンプは終わりになった。

数時間後にジュリアンのママがやってきて、ヤツをつれてかえった。でも、帰るとき、ジュリアンはすっかり元気そうに見えた。

男の子のほとんどが、ジュリアンはサイコーにいいやり方を思いついたと話していたけど、引率の親たちは、それにちゃんと気づいていたようだ。

いつのまにか、引率の親たちは、みんなが持ってきた固形のデオドラント剤を集めまわって、ジュリアンのマネができないようにしたんだ。

それは、ボクたちのキャビンにとって、悪いニュースだよ。ただでさえ、ぬれたタオルやきたない服があちこちにほうりっぱなしなんだからね。それにみんなの汗入りの水でシャワーをあびてるわけだから、もうこの中はゴミすて場みたいにくさくて、たまらないよ。

たぶんボクたちのキャビンのにおいが今まで、人間に対する有毒レベルまでいかなかったのは、デオドラント剤のおかげだったんだろう。

　これが原因で、もしボクたち全員が体調を悪くしたら、みんなではやく家に帰れるかもしれない。

　そうなったら、みんなにとっていいことだろう。でも、ボクにとってはよくないことだよ。だって、ボクが予定よりはやく家に帰るってことは、パパと顔を合わせるのもはやまるってことだからね。

土曜日

　正直にいうけど、きのうの朝ロウリーがもどってくるまで、ロウリーのことなんてすっかりわすれていた。ボクたちのキャビンに入ってきたとき、家にいればよかったと、ロウリーは後悔したはずだ。

ガレスの歯がささったところが化膿しちゃって、治るまで時間がかかったんだって。ロウリーは、ガレスの歯を持ってきた。だけど、ガレスだって、今さら歯をかえしてもらっても、どうしようもないだろう。

　ロウリーは、まったくもってびみょうなタイミングでもどってきた。みんなでこのキャンプの最後の晩の準備をしていたところなんだ。最後は野外で一晩キャンプするんだよ。

　ボクはけっこう楽しみにしていた。だって、やっと一晩、あのくさいキャビンにねなくてすむからね。

　でも、そもそも自然の中で、ボクのチームが生きのこれるのかは不明だ。

　あしたの夜、ボクたちは小屋をつくり、火もおこさないといけないんだ。いったいどうしたら、そんなことできるんだろう？

ロウリーのパパは、どうにかしてボクたちにアウトドアキャンプの基本を教えようとしている。ところがボクたちとおなじくらい、おじさんは役立たずだった。

　きのう、おじさんは、火のおこし方をボクたちに教えようとした。そのやり方は「電気をつかわない」という規則をやぶって、スマホで調べていた。だけど、おじさんがちょっと目をはなしたスキに、チームの子たちがそのスマホで、さけぶヤギの動画を見まくっていたんで、バッテリーが切れちゃった。

　ロウリーのパパは、バッテリー切れになる前に、ほんの少しだけその方法を見ることができたらしい。なんとか火をおこすことができたんだ。そしてボクたちに、「たきつけ」を持ってくるようにといった。でも、だれも、たきつけがなんだかわからない。それで、みんなは燃えそうな物をかきあつめてきた。

ロウリーは、雑草みたいなのをたくさんかかえてもどって、それを火に投げいれた。で、完全に火が消えてしまった。

そのあと、ロウリーが火にほうりこんだものが、毒のあるツタウルシだとわかった。早朝、ロウリーは全身がかぶれて、ブツブツができていた。ロウリーのパパも、けむりを吸いこんじゃって、肺の中まで入っちゃったみたいだ。息を吸うのもつらそうにしていたよ。

看護師さんは、ロウリーのママに、ふたりをむかえにくるように電話した。ふたりとも、もうもどってこられないだろう。

　そういうわけで、ボクのチームだけ引率の親がいなくなった。グラッツィアーノ先生はいそいでかわりの引率を探したんだけど、せっかくの週末をぎせいにして、ここまでわざわざやってくるお父さんはいなかった。

　タイミングが悪いよ。あしたの夜から雨がふるらしい。ボクたちは、まだ小屋作りさえはじめていなかったんだ。ボクは、ボーイスカウトの子が何人もいるチームをのぞきにいって、役にたちそうなコツをいただこうとした。でも残念ながら、ヤツらは、絶対に自分たちの秘密を明かそうとしない。

ボクたちがキャンプの準備をしているあいだに、どこかのチームがボクたちのキャビンに入って荒らしたみたいだ。グラハムのお菓子のことを小耳にはさんだにちがいない。だってかくしてあったお菓子がのこらず消えていたんだから。

　どろぼうのヤツらは、ボクのバッグまであさったようだ。そして、おしりふきを見つけると、バスルームでつかいきっちゃったんだ。きっとたくさんトイレに流しちゃったんだろう、トイレがつまっていたよ。

　もっと最悪なことは、トイレからあふれた水が床を流れ、ボクのバッグのところまできていたことだ。

　ボクの荷物は全部びしょぬれだ。たったひとつ、おじいちゃんからもらった本だけ、ベッドの上にほうりなげられていて無事だった。

ホントに頭にきた。でも、おじいちゃんからもらった本をめくっているうちに、どろぼうたちも、ひとつだけいいことをしてくれたかもしれない、と思った。

　本には、役に立たないこともたくさん書いてあった。たとえば、家にあるものでラジオを作る方法が書いてある章とかがあった。

でも、役に立つこともずいぶん書いてあったよ。ツタウルシの見分け方の章とか、きのう読んでいたら役に立ったはずだ。それと、ほかにもキャンプで役立つ章があった。マッチなしで火をつける方法が書いてある章とかね。ものすごく強度の遠視メガネがあればいいんだって。

　本に書いてあるとおりにうまくやれるのか、ボクはすぐにためしたくなった。それで、キャンプをする場所にみんなでいって、エミリオのメガネをかしてもらった。本に書いてあったように、メガネのレンズで太陽の光をあつめて、枯葉にあててみた。

　そしたらすごいんだ。枯葉から煙がでてきて火がついた。あ、いっておくけど、いい子はちゃんとおとなのつきそいがいるところでやってね。

ボクたちは、おとなの助けをかりずに火をおこせたんですごくよろこんだ。でも、どうやらはしゃぎすぎてしまったみたいだ。ハイタッチをしているときに、エミリオのメガネをこわしてしまった。

　エミリオは、メガネがないと、夜行性のコウモリみたいにほとんど目がみえないんだ。きっとこのキャンプのあいだじゅうずっと大変だろうな。

運がいいことに、ジェフリーも遠視のメガネをかけてる。ということは明日も、火をおこせるな。

　夕食のあと、キャビンにもどると、冷水をあびたみたいなきびしい現実がまっていた。トイレの水があふれたんで、もともとくさかったキャビンの中が、さらにきょうれつなにおいになっていたんだ。もう、これは今までかいだことがないくらいひどい。

　ボクたちは自分たちのよごれた服で床をふき、それをゴミ袋に入れた。ところが効き目なんてまったくない。

　だって、ボクたち自身のにおいが、いちばんくさいんだからね。この問題を解決できるのは、デオドラント剤しかない。

そのときジョーダンが、こうなったら女の子のキャビンにしのびこんで、デオドラント剤を何個かぬすんできたらどうかって提案した。するとそこから、なぜか、そもそも女の子がデオドラント剤をつかっているのかという大論争に発展しちゃった。

それと、みんな「しのびこむ」って言葉が、すっごく気にいっちゃって、ぞくぞくしてたのはまちがいない。

「しのびこむ」にいちばん反応しちゃったのがエミリオだ。でも、よく見えない中で、ボクたちとしのびこむのはキケンすぎると、みんなでとめたんだ。

ところがエミリオは、しのびこむには自分が必要だっていってきかない。なんでも鼻がすごくいいから、女の子のキャビンを探し当てられるというんだ。エミリオがウソをついているのかどうか、たしかめたかったんで、ニオイのテストをすることにした。そしたら、エミリオのヤツ、全部かぎわけたんだ。

そういうわけで、エミリオも行くことになった。ボクたちが全員したくをして、さあ行こうとしたそのとき、ヌッチさんがボクたちのようすを見にやってきた。

ヌッチさんは、ボクたちがなにかよからぬことをしでかすんだろうと気づいたんだろう。もし、このキャビンからこっそりぬけだしたら、ボクたち全員はただじゃすまないといった。

それから、ヌッチさんはでていったかと思ったら、数分後にベビー・パウダーを手にもどってきた。

そしてヌッチさんは、ボクたちのキャビンのまわりにベビー・パウダーをばらまいた。つまり、ボクたちが外にでようもんなら、足跡でバレるんだ。

これから一晩中、キャビンからでられないことを思うと、みんなひどくうろたえだした。だけど、思いだしたよ。あのおじいちゃんからもらった本にボクたちを救ってくれる方法が書いてあったことを。

ヌッチさんは、キャビンのまわりにベビー・パウダーをまいたとき、自分の足跡をのこしている。つまりボクたちは、ヌッチさんの足跡の上を歩けば、ぬけだしてもバレることはないってことだ。

　問題はヌッチさんの足跡が、ボクたちの足よりずっとデカイことだ。でもロウリーのパパが、ベッドの下に自分の登山ぐつをわすれていた。これなら、ヌッチさんの足にちょうどピッタリだ。

　まずは、ボクが最初にでた。ヌッチさんの足跡の上を歩いていくのはちょっと大変だったけど、うまいことベビー・パウダーのあるところからぬけだした。

そしてボクは、つぎの子にくつを投（な）げた。

このやり方で、みんなぬけだすことに成功（せいこう）した。エミリオまで、ジェフリーにおんぶしてもらってでてきたんだよ。

こうして無事（ぶじ）にでたボクたちは、みんなで森をぬけて女の子のキャビンにむかおうとした。ところが、気づくと道にまよっていたんだ。自分たちのキャビンがどっちだったか、すでにだれもわからない。これにはちょっとビビったよね。

　そのとき、ジェフリーがサイラス・スクラッチの話を持ちだしたんだ。まったく、話すタイミングには気をつけてほしいよ。ボクたちはさっきよりも100倍こわくなった。ジェフリーは、サイラス・スクラッチはきっとボクたちの動きを全部見ていて、ひとりずつつかまえて生きたまま食べちゃうつもりだといったんだ。

　これで、みんなはすっかりふるえあがった。それぞれ、ばらばらの方向ににげだすかと思ったよ。

　でも、エミリオが、ボクたちを助けてくれた。まわりの空気のにおいに気がついたんだ。

エミリオは、女の子のキャビンのにおいがするし、それほど遠くないところだといったんだ。

ホントにその通りだったよ。15メートルぐらい先にキャビンがあった。ボクたちはできるかぎり音をたてないようにして近よった。そして、開いてる窓によじのぼろうと、チームワークをはっきした。

どうやら、みんなねているようだ。ボクはできるだけ身をかがめて窓から中に入り、音を立てずに床におりた。

ところが、まわりを見て気がついた。ここはガールスカウトのキャビンだ！

デオドラント剤いただき作戦は、すぐに中止しようと思ったけど、おそかった。

それからあとのことは、なんだかよくわからない。女の子のさけび声が聞こえて、だれかに足首をつかまれたこと、それからボクの仲間が先をきそいあって、はやくドアから逃げだそうとしたことだけしかおぼえていない。

もう、みんな無我夢中で森を走りぬけた。

どうやってもどったのかなんて、ボクに聞かないでほしい。あれからなんとか自分たちのキャビンにもどったんだ。でも、やっぱり、こういうことには、むいてないよ。ベビー・パウダーのことをすっかりわすれていたからね。そこらじゅうが足跡だらけだ。まあでも、今はそんなことを心配してる場合じゃない。

今回の計画は大失敗だと思ったんだけど、なにも手にいれなかったわけじゃない。グラハムが、女の子のキャビンにあったバッグをひっつかんできていたんだ。

　ボクは人のものをぬすむなんて、いい気分じゃない。バレるまえにバッグを、女の子のキャビンにもどすべきだっていったんだ。

　だけどボクの考えは、みんなに受け入れられなかった。みんなが、中に入っているものを見たがったからね。

　バッグの中に入っていた服は、ボクたちぐらいの女の子のものには見えなかった。

だれのバッグかわかったときには、当の持ち主がドアのところに立っていた。

　ボクは、ベビー・パウダーのせいでグラッツィアーノ先生に見つかったと思ったら、もっとカンタンなことでバレていた。先生が、キャビンのドアをあけたら、エミリオが真っ暗やみの中でよたよたしていたんだって。仲間ってのは、絶対においてきぼりにしちゃダメだな。

グラッツィアーノ先生は、「ようちなイタズラ」をはたらいたボクたちをこっぴどくしかった。そして、信用おけないから、一晩たりともボクたちだけにすることはできないといって、あちこちに電話して、急いで来てくれる引率の親を探した。

　こんな真夜中に、こんなところまで、よろこんで車を走らせてくる人がいるなんて想像できないよ。しかも、だれにしたって、ここにきて楽しい気分にはなれないだろう。

　そして、ボクのイヤな予感は的中した。

日曜日

　キャンプさいごの日に、パパを引率者に呼びだすぐらいなら、ボクをさっさとはやく家に帰らせてくれたらよかったのに。パパはすでに車のことで、メチャクチャ怒っているんだ。そして今は、くさい子どもたちのおもりのためにこんなところまでこなきゃならない。

　そのうえキャビンのトイレがつかえないっていう最新ニュースを伝えなきゃいけないなんて。

　少なくともボクは、パパにキャンプについて伝えなきゃいけないことは話した。でも、パパはすでにボクがいおうとしたことをすべて知っているようだった。シチューのこともわかってるみたいなんだ。だってパパの皿にだれかがシチューを入れたら、パパはすぐに例の鍋にすてていたからね。

パパがキャンプのことをそんなに知ってるのは、パパが兄ちゃんのキャンプの引率者だったからかなとさいしょは思ってたんだけど、引率の親のひとりが、パパにあいさつしていたのを見て、なるほどと思った。

　パパは、ボクとおなじ学年のときにこのキャンプに来てたんだ。

　そうか、だからパパはきげんが悪いのか。ボクとおなじような目にあっていたとしたら、生きてるうちにまたもどってくるなんて、思ってもみなかっただろう。

　ボクとキャビンの仲間たちは、朝から夜のキャンプの準備をしていた。そしてパパはどう見たって明らかに手伝う気がない。

それに、パパはしょっちゅうどこかに消えちゃって、なにをしてるんだかわからない。ボクたちの近くにいるときも、まったく手をかそうとしない。

　それで、ボクたちはパパの手をかりずにシェルターを作った。さいわい、おじいちゃんがくれた本に「かんたんな小屋の作り方」の章があったからね。パパの手助けは必要なかったんだ。

夕食の時間、ほかのキャビンの子たちがすごくビビりあがっていた。たき木を集めているときに、古いほったて小屋を見つけたんだって。99パーセント、サイラス・スクラッチのもんだというんだ。

こういうときパパが、サイラス・スクラッチは真夜中に子どもたちがキャビンの外にでないようにするための作り話だ、とかっていってくれればいいのに。でも、パパはそうはいわなかった。

それどころか、こんなことをいったんだ。パパが、子どものときにこのハードスクラブル農場体験キャンプに来たとき、何人かの子が、サイラス・スクラッチの小屋をのぞきにいって、二度ともどってこなかったって。

ホント最悪なタイミングで話したよね。ボクたちは、これから一晩森の中ですごさなきゃいけないんだよ。

夕食のあと、グラッツィアーノ先生は、必要な物をキャビンからとってきて、キャンプに持っていくようにといった。

たくさんの子が、おねがいだからキャビンの中でねかせてほしいと先生にたのんだ。でも、このハードスクラブルでのさいごの夜は、いつもこうすることになっていて、これからもずっと変わらないっていって、先生はガンとしてゆずらない。

キャンプ場に行ってみると、はやいうちにおこしておいた火が、まだ燃えていた。でも、だいぶ弱くなっていたんで、はやくたき木を足さなきゃいけないほどだった。ところが、あたりが暗くなっている。どうやら、だれもボクといっしょにたき木ひろいにいってくれそうにない。

　パパに助けてといいたいけど、どこにいるのかわからない。

　ボクは、ひとりでたき木探しにでかけた。このあたりには、たき木になるような枝はほとんどない。きっとだれかがひろっちゃったんだろう。さらに森の奥深くに入っていったら、ボクはすっかりまよっちゃったようだ。どっちにもどったらいいのかわからない。

どうしたらいいのかわからなくなりかけたところで、明るい光を見つけた。ボクはキャンプファイアーだと思って近づいていったら、その明かりの出元を見て、もうひっくりかえりそうになった。

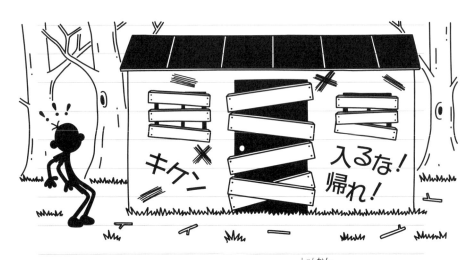

　ああ、みとめるよ。ボクは今のこの瞬間まで、サイラス・スクラッチの話はでっちあげだと思ってた。でも、もうマジに怖くて死んじゃいそうだ。

　でも、その明かりは、なんだかおかしい。小屋の暖炉の火かと思ったら、電球の明かりだった。これって、なんかヘンだよね。だって、ナメクジとか木の実を食べて生きてる凶暴な男が、電気をつかっているなんてありえないよ。

表のドアはしっかり板がうちつけられていてあかない。それでボクは裏にまわった。そこには金属ドアがあったんだけど、カギはかかっていなかった。

　ボクは息をひそめ、ドアをおして、中に足をふみいれた。もう、心臓はバクバクして胸から飛びでちゃうかと思ったよ。でも、中になにがあるのか知りたかったんだ。

　中は、みすぼらしい小屋どころか、たくさんの道具がそろった物置小屋で、古いようにはぜんぜん見えなかった。

ボクはさらに奥に入ってみた。すると、ろうかにスゴイもんがあってビックリした。

　なんとバスルームがあって、トイレも洗面台も、全部そろっている。しかも、トイレットペーパーもたっぷり置いてあって、それも、うんと上質の物だった。

　もう、わけがわからなくなった。ボクはキャンプにもどって仲間に知らせようと思った。でもそのとき、なにか物音が聞こえて、背筋がゾッとした。

　その音は、口笛だった。口笛はボクのうしろから聞こえてきたんだ。

ボクが逃げだそうとうしろを向いたとたん、パパとぶつかった。

ボクは、一言も言葉がでない。パパが、なんでこんな小屋でシャワーをあびていたのかなんて、わかるはずがないよ。そしたらパパが話しはじめた。

むかし、パパがキャンプに来たときのバスルーム事情は、今より、さらにひどかったそうだ。

トイレなんて、外にひとつあるだけで、キャンプに来た全員でつかわなきゃならなかった。

シャワーなんてなくて、体を洗うときは、石けんを持って川に行くしかなかった。

ところがある日、パパは、たき木を集めていたときに、この小屋を見つけた。子どもたちが来ない季節に畑の手入れや修理につかう道具がしまってあったんだって。

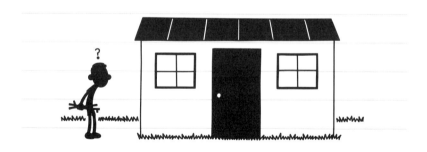

そのうえ、そこにトイレとシャワーまでそろっているのを見たパパは、ほかの子たちにはナイショにしようと決めたそうだ。

それで、自分以外の子が小屋に近づかないように、サイラス・スクラッチの話をでっちあげたんだってさ。

　パパは、きのうここへやってきたとき、むかしの話なのに、みんながまだサイラス・スクラッチをこわがっていたんで、すごくびっくりしたようだ。そして、このままほうっておけば、バスルームをひとりじめできるだろうと思ったんだって。

　こんなにみんなをこわがらせるなんてひどい。ボクはかなり頭にきていた。だけど、よく考えたら、ヒミツのトイレとシャワーをかくすためにホラ話をでっちあげるなんて、ボクもやりそうなことだ。

　それに、ハッとしたよ。ボクはもうずいぶんキャンプの場所からはなれている。たぶん仲間のみんなは、ボクがサイラス・スクラッチにさらわれたと思っているにちがいない。

ボクは、パパといっしょにキャンプにもどることにした。

雨がふりだして、キャンプにもどったときには、火は完全に消えていた。みんなは必死になって火が消えないように、燃えそうな物をなんでも投げこんだみたいだ。その中にボクの本もあったんだ。まあ、あったというより、ほとんど灰になってたけどね。

それだけじゃない。小屋の屋根までくずして、たき木にしちゃってた。そして、ボクとパパは、すきまだらけの小屋の中で体をよせあっているみんなを見つけた。

ボクは、こんなに雨がふっているのに外でねるなんて、絶対にゴメンだ。安心したよ、パパもおなじ意見だったからね。

　パパは、ここのキャンプの規則なんて、あんまり気にしないみたいだ。全員をこっそりキャビンにつれかえった。中はきょうれつにくさかったけれど、人生でいちばんよくねむれた夜だった。

月曜日
　今朝、ボクたちは荷づくりすると、荷物を持って駐車場に集まった。

　ほとんどの子は、一晩中森でねたせいでくたびれはてていた。でも、ボクたちだけは、すっかり元通り元気だ。

ボクのキャビンの子たちは、サイラス・スクラッチがあたりをうろついていたのに、一週間無事でラッキーだったと、よろこんでいた。ボクはだまっているしかなかったよ。

ボクは、サイラス・スクラッチなんてデタラメ話だって、みんなにいいたくてうずうずしていた。だって、みんなを恐怖のどん底から救ったってことで、ボクはヒーローになれたはずだからね。

でも、いつかボクも引率の親にならなきゃいけなくなって、ここへ来るかもしれないな。もしそうなったら、ボクもあのバスルームをつかいたくなるだろう。

220

ボクが荷物をバスにつみこもうとしたら、パパが、いっしょに車に乗って帰ろうといってくれた。だれかのひざの上に座るより、ずーっと楽チンだからね。ボクはパパのいうとおりにした。

キャンプ場の門にむかうとちゅう、ちょうど、ほかの学校の子たちのバスがやってきた。ボクは、これから待ちかまえていることを注意しようと、急いで書きなぐった。ボクがやってあげられるのは、せいぜいこれくらいだからね。

作者／ジェフ・キニー

　オンラインゲームの開発者およびデザイナー。ワシントンD.C.で育ち、1995年よりニューイングランド地方で暮らしている。妻ジュリー、二人の息子ウィル、グラントとともにマサチューセッツ州南部在住。

訳者／中井はるの

　大学卒業後、しばらくして翻訳の仕事につき、出産をきっかけに児童書の翻訳にも取り組むようになる。訳書には「マック動物病院ボランティア日誌」シリーズ（金の星社）などがある。『木の葉のホームワーク』（講談社）で第60回産経児童出版文化賞翻訳作品賞受賞。（株）メディア・エッグ所属。

グレッグのダメ日記
やっぱり、むいてないよ!

2015年11月　第1刷
2016年5月　第2刷

ジェフ・キニー／作
中井はるの／訳

翻訳協力　中井川玲子
デザイン　野田絵美

発行者　長谷川 均
編　集　加藤裕樹

発行所　株式会社ポプラ社
　　　　〒160-8565　東京都新宿区大京町22-1
　　　　TEL 03-3357-2212（営業）
　　　　　　 03-3357-2216（編集）
　　　　振替 00140-3-149271

印　刷　瞬報社写真印刷株式会社
製　本　株式会社若林製本工場

Japanese text©Haruno Nakai 2015 Printed in Japan
N.D.C.933／223P／21cm　ISBN978-4-591-14720-7

※本書のコピー、スキャン、デジタル化等の無断複製は著作権法上で
　の例外を除き禁じられています。本書を代行業者等の第三者に依頼
　してスキャンやデジタル化することは、たとえ個人や家庭内での利
　用であっても著作権法上認められておりません。
※落丁本、乱丁本は送料小社負担でお取り替えいたします。
　小社製作部宛にご連絡ください。電話0120-666-553
　受付時間は月～金曜日、9:00～17:00（祝祭日は除く）
※読者の皆様からのお便りをお待ちしております。
　いただいたお便りは編集部から訳者にお渡しします。